LETTRES TURQUES
série dirigée par Levent Yılmaz

LA POMME

suivi de

IL ÉTAIT UNE FOIS GUILLAUME TELL

DU MÊME AUTEUR

LE SARCOPHAGE DES PLEUREUSES, Fata Morgana, 2000.
ISTANBUL DES DJINNS, Fata Morgana, 2001.
DENSE, MEET, 2001.
AMER SAVOIR, Actes Sud, 2002.

Levent Yılmaz remercie Sylvie Taussig pour sa participation à l'élaboration de cette traduction, laquelle a été relue par l'auteur.

La Pomme :
Titre original :
Elma. Örgü Teknikleri Üzerine bir Roman Denemesi
Editeur original :
Sel Yayıncılık, Istanbul

Il était une fois Guillaume Tell :
Titre original :
Bir Varmış, Bir Okmus. Sözüm Ona Düzmece bir Wilhelm Tell Hikayesi
Editeur original :
Sel Yayıncılık, Istanbul

ISBN 2-7427-5308-7

Illustration de couverture :
Gustave Courbet, *L'Origine du monde* (détail), 1866,
Paris, musée d'Orsay

ENIS BATUR

La Pomme

une tentative de roman
sur les techniques de tissage

suivi de

Il était une fois Guillaume Tell

histoire prétendument apocryphe

traduit du turc
par Ferda Fidan

ACTES SUD

LA POMME

UNE TENTATIVE DE ROMAN
SUR LES TECHNIQUES DE TISSAGE

Au fond il n'est pas mauvais, je le sais.

ORHAN VELI, 1946.

L’ÉTRANGER, L’AUTRE

L'Origine du monde de Gustave Courbet est entrée au musée d'Orsay à Paris le 26 juin 1995. Elle fut alors pour la première fois présentée au grand public.

Il serait à mon sens exagéré de dire que cela déclencha un tollé. Les jours qui suivirent la décision déterminée du musée ne furent que médiocrement mouvementés. Ce milieu artistique qui avait déjà été secoué par l'*Olympia* de Manet il y a un siècle et demi, ce milieu social qui de Sade à Genet et à Guyotat avait connu à peu près toutes les formes de scandale ne risquait guère de trouver dans l'œuvre de Courbet quoi que ce soit de franchement ébouriffant.

On s'agita pourtant, et la principale cause en fut que le tableau allait désormais être offert aux regards de visiteurs de tous âges. Une autre question importante ne tarderait pas à se poser : comment avait-on pu cacher une œuvre d'art créée il y a cent vingt-neuf ans et où l'avait-on mise pendant tout ce temps ?

En vérité cela faisait déjà longtemps qu'on discutait autour de *L'Origine du monde*, mais il suffit que le tableau appartienne désormais au public pour que naisse une vaste controverse entre les tenants de l'esthétique et ceux de l'éthique. Le tableau de Courbet occupa le devant de la "scène", depuis les pages des journaux et des magazines jusqu'aux documentaires de télévision. On entreprit des fouilles, on consulta les correspondances de l'époque où l'œuvre avait été créée, on compulsa les sources, les principaux morceaux du puzzle furent assemblés : on en conclut que la limite audacieusement franchie par le peintre sur commande d'un "collectionneur" étranger constituait une bien mystérieuse charnière dans l'histoire de l'art. L'identité du collectionneur étranger, d'abord floue, fut pleinement élucidée grâce à deux études, réalisées respectivement par l'historien Roderick H. Davison en 1981 et par Francis Haskell en 1987 : cet homme, qu'on appelait Khalil Bey à Paris où il avait fait la connaissance de Courbet, n'était autre que le diplomate ottoman Khalil Chérif Pacha.

Dès lors la courbe de l'intérêt devait osciller entre deux pôles. *L'Origine du monde* resta prisonnière entre Courbet et Khalil Bey, tiraillée, dirons-nous, entre le commanditaire et l'exécutant. L'"affaire" était si sensationnelle qu'on vit paraître coup sur coup cinq romans consacrés au tableau et aux deux hommes situés de part et d'autre. L'onde de choc qui secouait Paris se propagea dans une certaine mesure jusqu'à Istanbul : la figure de Khalil Bey s'étala dans les journaux et les magazines. A peine fut-il paru en France que le livre de Michèle Haddad, *Khalil Bey*, fut traduit en turc, dans la seconde moitié de l'an 2000.

Certaines pages de mon livre *La Grande Roue déserte* indiquent sous quel angle j'ai abordé le sujet. Après m'être lancé dans l'écriture de ce livre, j'ai tout arrêté et, pendant presque trois ans, résolu à (faire) attendre, à laisser les choses prendre forme et se décanter, j'ai passé en revue les sources nationales relatives à Khalil Chérif Pacha ; j'ai consulté les archives de Betül Mardin et j'ai ainsi pu lire les pages qui lui sont consacrées dans les Mémoires de son petit-fils ; j'ai travaillé sur Courbet.

Loin de diminuer, mon incertitude quant à la forme à donner au livre que je projetais d'écrire ne fit qu'augmenter. La "tentative de roman" se précisa peu à peu dans ses différents aspects, les plus attirants et les plus rébarbatifs. J'ai pu croire un moment que la méthode que j'avais appliquée dans mon livre *Gesualdo* vaudrait parfaitement pour ce projet à inconnues multiples : par quelques fragments romanesques j'allais m'insérer entre Davison, Haskell, Mithat Cemal Kuntay, et je choisirais dans Haddad (je songeais alors à son livre intitulé *Le Divin et l'Impur*) tel ou tel chapitre pour m'orienter vers quelque chose qui ressemblerait à l'écriture-mosaïque que j'avais utilisée dans *Gesualdo*.

Voilà où j'en étais quand j'ai décidé, pour le second trimestre de l'année 2000, de consacrer mes cours à l'université de Galatasaray à *L'Origine du monde*. Pendant trente-cinq heures, nous avons tenté, mes étudiants et moi, d'entrer dans le "sujet" et de l'approfondir le plus possible.

Ecrire et ranger ce qu'on a écrit, le tenir en instance ; travailler et penser ; se préparer et parler, discuter – il en résulte chaque fois une réaction en chaîne qui d'abord excite le désir, le réfrène ensuite et finalement l'éteint presque.

Dans *Cette plume traîtresse*, j'étais revenu sur des projets qui avaient mûri en moi pendant des années ; qu'ils aient pris de l'ampleur ou qu'ils se soient tassés tour à tour, je m'étais finalement résigné à les laisser choir comme un sac de sable ; et pourtant pour la plupart j'ai plutôt dû les arracher et les jeter loin de moi, si bien que cette cicatrice ne cesserait plus jamais de m'élancer – sans être assez blindé pour ne pas craindre d'en arracher un autre, non, j'étais prêt à toute éventualité.

Pourquoi ne pas avoir rangé au fond d'un dossier Khalil Bey, *L'Origine du monde* et Courbet lui-même ? Ce n'est pas le temps, le travail et l'imagination que cela m'a demandés, mais en moi le sentiment que personne d'autre ne saurait dire à ma place ce que je n'aurai pas dit reste intact – même si je dois beaucoup à ce que d'autres ont dit avant moi.

Le matin du 11 décembre 2000, je m'installe devant une table de 50 x 70 cm, dans une chambre aux dimensions d'une cellule, dans l'espoir de mettre à profit les trois semaines que j'ai devant moi, libres, pour construire un tout.

Je ne sais pas jusqu'à quel point je me servirai dans le texte que je commence de ce que j'ai jusqu'à présent écrit. Quant à savoir si on y trouvera une part de fiction, ou s'il me faudra recourir à l'écriture-mosaïque, pour le moment tout cela reste dans le brouillard.

J'envisage de placer le lecteur devant un puzzle de *x* morceaux : quand il ouvrira la boîte et étalera ces morceaux épars sur une surface sans doute plus grande que la table qui me sert à les écrire, il n'aura pas sur le couvercle de dessin qui puisse l'aider à les assembler.

A un certain point, ce sera à lui de décider : vers quoi dois-je m'orienter avec le matériau dont je dispose, vers *L'Origine du monde*, vers une photographie de Khalil Bey, vers l'œuvre de Courbet ou vers une insolite *Nature morte aux pommes* ?

Il vaudrait peut-être mieux avancer aux côtés de l'auteur.

Je ne sais qui a choisi ce titre, mais il ne fait qu'un avec le tableau. Bien des tableaux ont un titre, et même très souvent un titre qui leur va parfaitement, mais peu de tableaux en ont un qui les prolonge : ici, la signification en est si lourde que, venant de l'extérieur, il s'insère dans le tableau – il convient de peser le poids de cette signification.

Je traduis *L'Origine du monde* par les mots turcs *Le Point de départ du monde*, mais j'aurais tout aussi bien pu dire *Le Commencement du monde*, *La Genèse* ou encore *Le Point de départ de la vie*. Je ne vois pas qui pourrait fixer des limites à ma liberté de traducteur, en définir les limites extrêmes, mais je sais qu'il y a en moi quelqu'un à l'affût, qui a tendance à transgresser les limites : il pourrait aussi bien dire *Le Cœur des ténèbres* que *D'où venons-nous ?* en pensant à Gauguin. Retournons-nous plutôt après ce bout de chemin et reconsidérons la chose : est-ce vraiment *Le Point de départ du monde* ?

L'Histoire, l'histoire de l'art, ne peut atteindre qu'une partie de la vérité – il serait faux de dire que rien n'a été fait : à l'exception de ses œuvres perdues, Courbet est un peintre dont l'"unité" est établie tant bien que mal, circonscrite par des expositions et des catalogues. Le nombre de monographies et d'études qui lui sont consacrées, la place importante qu'il tient dans les travaux de l'époque, tout indique qu'il fait partie des artistes de premier plan du XIXe siècle. Des livres rassemblent ses écrits et ses lettres, ainsi que des témoignages le concernant. Des travaux de recherches et des expositions renouvelées entretiennent l'intérêt chaleureux que suscitent sa vie et ses œuvres. Nous dirons sans peine que dans le cas de Courbet la fiction occupe par rapport à la vérité une proportion insignifiante.

En définitive, *L'Origine du monde* contient, en sa qualité d'œuvre d'art, une vérité indépendante de son "histoire" : pour la contempler et choisir de limiter nos commentaires à ce qu'il y a à l'intérieur du cadre, nous disposons de toutes les informations requises. Nous connaissons l'auteur, nous connaissons la date de création.

Pour autant, certaines œuvres d'art éveillent indéniablement un intérêt qui dépasse leur contexte esthétique : de fait, l'intérêt que suscite l'histoire de *L'Origine du monde* dépasse la réalité de l'œuvre ; nous n'y pouvons rien. Existe-t-il un autre tableau qui ait donné naissance à cinq romans en l'espace de dix ans seulement ?

D'évidence l'imagination en fut tout émoustillée – et elle l'est encore. Son enjeu, la date de sa création ; le triangle qui l'encadre (le peintre – le modèle – le collectionneur) ; l'identité de ceux chez qui il resta accroché pendant tout ce temps en attendant d'entrer au musée d'Orsay ; comment et pourquoi on l'avait caché, pourquoi il se cachait – et toutes les interrogations qui en résultent, bref, on brûlait de curiosité.

Mais, à cet égard, nous ne disposons que d'informations limitées. L'historien, fût-il historien de l'art, est d'ordinaire contraint de partir d'une poignée d'indices concrets pour échafauder des spéculations. Comment condamner ces démarches purement spéculatives ?

Il est parfaitement clair que le sujet passionne les romanciers : Khalil Bey, est-ce bien Jo qui a servi de modèle ? comment a-t-elle réagi à la proposition de servir de modèle ? quel fut le parcours du tableau après que Khalil Bey l'a eu vendu ? que s'est-il passé quand il était accroché au mur chez Havatny ou chez Lacan ? Et tous d'envisager presque chacun de ces détails sous différents angles.

Mais ne s'agit-il pas aussi d'une façon de voir, et d'être vu ?

On aura beau faire, on aura beau le dédaigner ou le condamner, ce qui est arrivé est arrivé : ce qui doit arriver arrivera.

Bouje, Henric, Teyssèdre, Rezvani, Orban : voilà cinq romanciers qui n'ont pu s'empêcher de tournoyer autour du halo que crée l'œuvre, autant de papillons de nuit se précipitant dans les flammes. L'un essaie de se glisser à l'intérieur du tableau pour se mettre dans la peau de Jo, l'autre imagine que le point de vue du peintre serait la posture qui convient : bref, attirés par l'histoire qui leur demandait d'éclairer les zones vides laissées dans l'ombre par la réalité.

Quant à Khalil Bey, la chose est autrement complexe.

Immergé dans le brouillard de l'Histoire, alignons tout ce que nous aurons d'abord pu réunir ; registres d'état civil ottomans, articles d'encyclopédie, témoignages occidentaux, données émanant des sources locales, mettons cela à plat. Il apparaît au grand jour une identité, un état civil, une personnalité, et à son propos, tout le monde se contente de ce qu'on a pu rassembler jusqu'à présent : c'est bien la *persona*, rien que cela, et nul ne va au-delà.

En est-on vraiment bien sûr ?

Davison, auteur de la plus minutieuse tentative de portrait de Khalil Chérif Pacha, "homme d'Etat, diplomate", soutient qu'on aurait pu aller plus loin : les sources ottomanes, françaises, russes n'ont pas encore été suffisamment étudiées, on ne s'est pas encore donné la peine de fouiller dans les archives privées.

Si on approfondissait les recherches sur Khalil Chérif Pacha, son visage politique pourrait peut-être un jour s'éclairer un peu : "un aristocrate égyptien qui faisait passer ses intérêts avant ceux de l'Empire ottoman", à en croire son parent éloigné, "un homme dont la passion du jeu et de la luxure a nui à sa stature d'homme d'Etat", un homme politique de l'ère moderne qui a soutenu de toutes ses forces les Jeunes-Turcs et la volonté de doter l'Etat ottoman d'une constitution – mon intention n'est pas de me substituer au spécialiste de l'histoire contemporaine.

Ce qui me fascine ici, c'est qu'une personnalité floue se dissimule derrière l'identité politique.

Le peu que nous savons de l'homme, nous le devons aux chercheurs et auteurs occidentaux, qui se contentent de le dessiner à grands traits ; c'est grâce à eux que nous arrivons à le cerner un tant soit peu. Devant notre incurie, une seule conclusion s'impose : nous n'avons en l'occurrence pas d'autre choix que d'essayer de lire l'Autre tel que l'imagerie occidentale le représente.

En cinq ans, on aura tout de même fait beaucoup de chemin *là-bas*.

Au cours de l'hiver 1996 je me suis rendu compte que toutes les sources reprenaient l'erreur inaugurée en 1964 par l'Association des Amis de Courbet : la substitution de la photo d'Ahmet Vefik Pacha à celle de Khalil Bey. Pour tout détail, je vous invite à vous reporter à la préface que j'ai rédigée pour la traduction en turc du livre de Michèle Haddad.

Je ne voudrais pas donner l'impression d'avoir le triomphe facile : il n'y a vraiment pas de quoi faire un drame qu'une telle erreur ait été commise, qu'elle ait pu être reprise et se diffuser.

A condition de me dédire aussitôt : confondre un être humain avec un autre, voilà qui ne saurait être pris à la légère !

Il s'agit en l'occurrence de deux Orientaux portant fez et barbe. Que ce soit Khalil Chérif ou Ahmet Vefik, il n'y a pas de *différence substantielle* du point de vue de qui consomme la photographie. De fait, les consommateurs ne connaissent ni l'un ni l'autre : l'homme de la photo est seulement un étranger.

L'Etranger : l'Autre.

Qui plus est, lesdits consommateurs sont les chercheurs d'une époque qui a côtoyé l'équation de Sartre "l'enfer, c'est les autres". Rien à voir avec le statut d'"étranger" qui fut celui de Khalil Bey, devenu à partir de 1865 une figure haute en couleur du Tout-Paris.

Les Occidentaux ont commencé à débarquer en Orient dans la deuxième moitié du XIXe siècle : le voile s'est un tant soit peu levé sur ses mystères, du moins dans les milieux cultivés, à l'époque où Khalil Bey arrive à Paris en provenance de Saint-Pétersbourg. Depuis que les images de rêve fournies à profusion par un certain nombre de témoins de première main, de Nerval à Gautier, avaient pu être confrontées avec les images qu'en avait proposées l'Exposition universelle, l'Ottoman, Istanbul, l'Orient commençaient à acquérir une certaine netteté.

Il n'en demeure pas moins que pendant l'ensemble de la période tout l'éventail de la fiction, des tableaux de Delacroix ou d'Ingres aux contes des *Mille et Une Nuits*, ne fit que voiler la vérité – je ne l'oublie pas.

C'est par conséquent la chose la plus naturelle du monde qu'en 1865 Khalil Bey ait incarné à la fois l'autre et l'étranger, me semble-t-il. D'autre part, force est de constater que sa situation présentait des aspects particuliers qui, jusqu'à l'heure actuelle, paraissent encore troublants : sa maîtrise du français (il avait été envoyé tout jeune faire ses études à Paris), sa qualité d'"héritier" de Jeanne de Tourbey, la maîtresse de Napoléon ; les relations mondaines qu'il avait nouées, de Sainte-Beuve à Courbet ; son "goût artistique hors pair", autant de facteurs qui compromettent toute tentative de le définir, autant pour "nous" que pour "eux".

Quoi qu'il en soit, Khalil Bey fut considéré comme un étranger *atypique*. De très nombreuses preuves indiquent sans conteste qu'il passait pour tout aussi *atypique* à Istanbul.

En 1865, il était, je pense, facile de cerner un étranger. Quant à cerner un étranger *atypique* et nommer son identité doublement autre, c'était une autre paire de manches ! N'oublions pas que dans le Paris de l'époque les autochtones *atypiques* étaient également légion : rappelons-nous que Baudelaire n'avait pu y élire domicile, que Nerval et Maupassant avaient été internés.

Quant à Courbet, il est au cœur d'un conflit éprouvant. Sa différence lui rend la vie dure, à lui personnellement et à ses peintures, dans le milieu social dominant. On aurait tort de conclure à un pur concours de circonstances si son chemin a croisé celui de Khalil Bey. L'importance que prirent peu à peu leurs points communs, initialement peu nombreux, n'est pas entièrement à imputer à la fortune de Khalil Bey à propos duquel le peintre écrit, dans une lettre à un ami : "Un parfait honnête homme" (29 mars 1867) – j'attire l'attention sur le fait qu'aucun observateur n'a encore jamais fait la moindre allusion à ce courrier.

En 1995, l'étranger *atypique*, l'"autre" de 1865, remonte à la surface, mais cela prouve-t-il que l'axe de lecture se serait modifié ?

Il ne fait aucun doute que les critères d'évaluation de sa qualité d'*étranger* se soient modifiés à la suite de l'excellente tentative de portrait de Davison et de l'étude de Francis Haskell, qui soulignent l'importance de Khalil Bey, *alias* "le collectionneur". A considérer avec attention l'espace qui sépare ces deux textes de spécialistes du livre de Michèle Haddad *Khalil Bey* – ce livre met pour l'instant le point final – on se rend compte que la figure de l'Autre, si elle s'est déplacée, ne s'est guère modifiée.

Le travail de Haddad fait office de "résumé" : l'historienne de l'art commence par recenser presque tous les documents accessibles sur ces deux identités complémentaires que sont Khalil Bey et Khalil Chérif Pacha, et elle comble les *lacunes*, un point c'est tout, par ailleurs consciente de ce qu'elle fait, comme le montre la présentation de son livre : elle prévient le public qu'elle a été obligée de recourir à une écriture qui mêlât "récit" et "analyse", conformément à la double acception du mot "histoire". Traduisons : j'ai accédé à la plupart des documents existants pour construire mon livre, en prenant le risque d'utiliser y compris les documents dont le caractère essentiel est sujet à caution.

Construire un livre.

S'orienter vers le triangle construction, montage, fiction.

Se servir de l'imagination d'autrui autant que travailler la sienne propre.

Le *Khalil Bey* de Haddad est naturellement alimenté par une réalité textuelle conforme à cette règle.

Quels que soient ses efforts pour s'approcher de son sujet, pour s'y introduire, il est impossible à l'écrivain chercheur, face à Khalil Bey, de jouir de la liberté que s'octroie l'auteur de fiction. Aux yeux de Haddad, c'est l'histoire de l'art – autrement dit l'histoire tout court – qui inspire tout son être ; mais, étant donné le nombre limité d'informations et de documents fiables relatifs à l'homme dont elle devait écrire la biographie, la voilà conduite bon gré mal gré à en brosser un portrait qui se limite à son histoire.

Un vrai cul-de-sac en somme. Des données concrètes permettent d'écrire sur l'homme d'Etat, sur le collectionneur, mais il suffit que l'on s'intéresse à l'homme qui se cache derrière pour que, d'objectif, le style devienne subjectif.

Haddad a accumulé l'un après l'autre des souvenirs et des témoignages sur Khalil Bey. Toutes ces traces, laissées par ceux qui ont rencontré, connu (?) Khalil Bey à Paris, Vienne ou Istanbul, qui ont réuni à chaud des renseignements (?) de seconde main sur lui, je le demande encore et encore, quelle proportion de la vérité représentent-elles ? Comment calculer la part de fiction qu'elles comportent ? Quel est en elles le pourcentage respectif d'observations, de spéculations, de constatations stéréotypées relatives à l'Autre ? Quelle part y occupe la perception faussée, vue au travers d'un prisme qui force à loucher, de l'Oriental, de *L'Orient imaginaire* comme dit le titre de l'important livre de Thierry Hentsch, paru en 1988 ?

Je ne pense pas que ces questions ne valent (par exemple) que pour ceux qui lisent Khalil Bey à Paris : de même celui qui s'avise de le lire à Istanbul… Un authentique cul-de-sac.

Et si le plus judicieux était de tenter de voir Khalil Bey à travers les ouvrages de ces cinq romanciers ?

Oui mais leurs tentatives de portrait globalement fictives sauront-elles plus sûrement rendre compte de l'"Autre" ?

Blanchot a raison : la réponse est le malheur de la question.

Sans doute en jugerez-vous la formulation étrange, mais en l'espace de cinq ans j'ai lu tout ce que j'ai pu trouver sur Khalil Bey. Finalement, si le souci de la vérité comme critère doit peser dans la balance, il n'est d'autre solution que de recourir à la formule que Rilke a inventée pour Rodin : "La gloire n'est en fin de compte que la somme des malentendus qui se forment autour d'un nouveau nom."

Cela fait des années que ma conception pessimiste de l'existence m'a poussé à penser que la disparition de tout être humain, qu'il soit ou non célèbre, pouvait conduire à prononcer cette phrase. J'ai eu l'occasion de mettre cette idée à l'épreuve, je l'ai appliquée et j'ai pesé le pour et le contre – mon point de vue n'a pas changé.

De la somme de tout ce que j'ai lu sur Khalil Bey – documents, renseignements, témoignages – se dégage un portrait moyen.

Fidèle à mes habitudes, j'ouvrirai mon étude de Khalil Bey par des photographies – je le trouve judicieux : quand nous entendons parler de quelqu'un, nous nous efforçons d'abord de nous le représenter. Nous partons d'une image s'il en existe, à défaut nous essayons de l'imaginer.

La plupart des sources occidentales parlent d'un homme "de petite taille, trapu, barbu, considérablement laid". Bernard Teyssèdre, l'auteur du texte que je tiens pour le plus original sur le sujet, parle même d'une "laideur incontestable". Or quand j'aligne les photos les unes à côté des autres, l'homme que j'ai en face de moi n'est ni beau ni élégant (quoique sur sa photo de jeunesse il soit tout à fait beau), mais il n'est pas laid – d'emblée donc, nous aurons du mal à nous mettre d'accord, ne fût-ce que sur les critères usuels de l'esthétique. Dans ces conditions comment me fier aux autres détails relatifs à Khalil Bey, aux "renseignements" touchant à ses mœurs ?

Il n'empêche : cela dessine un caractère, une personnalité. Pour quelqu'un que nous ne connaissons pas, que nous n'aurons plus l'occasion de connaître, nous en sommes réduits à nous contenter bon gré mal gré de ce que nous avons sous la main.

D'autres observations complètent la liste de ses particularités physiques. Examinons-les d'abord :

Il est souligné que de toute sa vie il n'a pas cessé de souffrir des yeux ; et s'il renonça à l'Egypte d'abord, à Saint-Pétersbourg ensuite, c'est, dit-on, parce que les conditions climatiques avaient accru la sensibilité de ses yeux. Mais comment le prouver ? Selon une autre rumeur, tenace, c'est pour se faire soigner qu'il quitta Saint-Pétersbourg pour Paris – parce qu'il avait attrapé la syphilis.

Il est tout à fait normal qu'il ne porte pas de lunettes sur les photographies ; bien des gens enlèvent leurs lunettes pour se faire photographier, pour que l'on puisse voir leurs yeux ; d'autre part les lunettes, qui brillent, ne facilitent pas la tâche du photographe.

Il avait, dit-on, des lunettes bleues. Mais sont-ce les verres ou la monture ? Très probablement, les verres : un homme à la barbe et aux cheveux noirs, vêtu ordinairement de noir, ne tient probablement pas à ce que des lunettes noires déteignent sur son apparence.

Il avait des mains rugueuses, des mains grandes et lourdes par rapport à son corps, d'après un des témoins directs de son époque – un Parisien. Je regarde une photo prise lors de ses dernières années : je dois dire que cette observation n'est pas vraiment corroborée par la main que j'y vois.

On sait qu'il était élégant. Et cela se voit. Rien de plus : les sources occidentales ne nous fournissent aucun autre renseignement. Ce n'est pas un milieu où l'on sait regarder avec attention, celui où Khalil Bey a choisi de vivre, à Paris. Il aura fallu qu'en le regardant ils se bornent à ne voir qu'une silhouette orientale vêtue à la franque. En lui ils virent autre chose.

A la mort de son père, Khalil Bey hérita d'une fortune mirobolante. Il mit une infinie générosité à dilapider son argent : entre la maison qu'il racheta à lord Seymour – pour les Parisiens, un véritable enchantement ! –, sa superbe maîtresse, qu'il avait reprise au prince Napoléon ; sa collection de *peinture contemporaine* (c'est moi qui souligne) – des centaines de tableaux ; les sommes démesurées qu'il dépensait pour les chevaux, les femmes, et surtout le jeu.

Mais son argent n'était pas illimité. Il est vrai qu'il misa et perdit un million et demi de francs sur un seul coup ; et, disons-le, il n'avait que mépris pour sa fortune.

Notons un autre aspect de sa personnalité qui n'intéressait pas du tout les Parisiens : combien a-t-il dépensé pour le mouvement des Jeunes-Turcs, a-t-il soutenu le journal de Namık Kemal, et plus tard sa pièce de théâtre ? A quels intervalles rencontrait-il Şinasi à Paris ? Lui avait-il tendu la main ? Et à Ahmet Pacha le Sucré ?

Ces questions surgissent dans le contexte de l'Autre. Avec leurs observations qui frisent parfois le racisme, avec leurs jugements à l'emporte-pièce, les "autres" de Khalil Bey n'ont pas pu déceler *l'atypique* en lui ; tout au contraire ils ont préféré l'identifier comme un *typique* : une de ces fortunes intarissables de l'Orient ; un homme captif de l'amour et de la chair, ayant consacré sa vie au jeu : malade comme (autant que) l'Empire ottoman. Un homme qui œuvrait à la rapide destruction de soi, sujet d'un empire en passe de s'écrouler – fort heureusement.

Dans l'entourage de Khalil Bey je mets Courbet à part ; et s'il avait abordé Khalil Bey de façon différente, je pense que c'est surtout à cause de la haine qu'il éprouvait pour son propre milieu, de son hostilité radicale contre le système en place, qui l'avait d'ailleurs poussé à figurer aux premiers rangs de la Commune. Sincèrement je ne suis pas candide au point de déclarer que la dimension commerciale et le fait qu'il eût vu chez Khalil Bey un mécène potentiel n'y étaient pour rien. Mais, à examiner le lien qui unissait ces deux hommes, je me dis qu'il faudrait revenir sur l'obstination que tout le monde a mise jusqu'à présent à ne voir qu'un aspect de leurs relations.

Je comprends l'historien, et l'historien de l'art – jusqu'à un certain point : l'information, le document ne sont que ce qu'ils sont. Dans une certaine mesure, on peut s'appuyer sur des conjectures – mais vraiment dans une certaine mesure. Dans un sens, c'est ce qu'a fait Francis Haskell : en soulignant l'importance de la collection de Khalil Bey, il nous *fait sentir* cette vérité qu'on ne peut pas sous-estimer l'homme qui est derrière tout cela. Et cela suffit.

Ce que j'ai du mal à comprendre, c'est l'approche de Bernard Teyssèdre. Je répète qu'à mes yeux *Le Roman de l'origine* constitue l'œuvre la plus originale qui ait été écrite sur le sujet. Teyssèdre est un historien de l'art remarquable ; ses écrits témoignent d'une intelligence aiguë, d'un don d'observation établi sur des bases solides. Le *récit documentaire*, qu'il tisse dans un triangle Courbet – Khalil Bey – *L'Origine du monde*, nous restitue l'enquête la plus *approfondie* jamais réalisée sur le sujet selon moi. Voire davantage : Teyssèdre prend le parti de combler par le biais de l'imagination les vides qui occupent fatalement une large place entre les strates de vérité. En tant qu'homme de lettres, je me suis déjà heurté à la question "Mais en quoi est-ce un roman ?". En quoi il a écrit un roman, je le comprends très bien, et je dirais même plus : il n'est pas nécessaire qu'un roman réponde à vos normes à vous. En cours de route, je reviendrai peut-être sur cette remarque en manchette.

Mais alors, qu'est-ce qui me tracasse dans le livre de Teyssèdre ?

Dans l'une des annexes de son livre, l'auteur précise qu'on a été "injuste" avec Khalil Bey : il est gêné par le "cliché", ce portrait tracé à trop grands traits. Or dans les pages où il tend à faire de la fiction, il n'arrive absolument pas à approcher la réalité de l'Autre : il n'arrive pas à s'extirper des strates de vérité de la petite histoire de Khalil Bey telle que placée dans l'Histoire, de la vie de Khalil Bey, de sa biographie, il n'arrive pas à gagner les strates de l'imagination.

Teyssèdre ne s'en rend pas compte : il avance à pas déterminés, par salves, il parcourt hardiment les dimensions lacunaires, pleines de trous et de vides – Courbet, *L'Origine du monde*, Lacan, et même les pages blanches des historiens de l'art, avec qui il ne peut s'empêcher de régler ses comptes – en recourant à son expérience quand il le veut, ou en se servant du fouet de l'ironie.

Quand il en arrive à Khalil Bey, sa langue se fige, sa plume se fait hésitante ; et c'est ainsi que dans le livre de Teyssèdre l'Autre, que seul un cosmopolite comme Borges pourrait démonter et remonter dans son imagination, reste en suspens, tel un fantôme.

Khalil Bey est là qui attend : que quelqu'un vienne l'effleurer.

Qu'on aborde au moins ses secrets.

Qu'on prépare des questions à son intention et à celle des autres, sans se faire d'illusions sur d'éventuelles réponses : il n'est aucune réponse.

A défaut d'ouvrir, qu'on entrouvre.

Sur l'une de ses photographies, il bouge.

Le Roman de l'origine reprend l'une après l'autre toutes les données qui se rapportent à l'élément principal qu'il s'efforce de cerner. Il n'est pas d'information ni de point de vue sur Courbet, sur *L'Origine du monde*, sur Havatny et Lacan, que Teyssèdre n'examine, ne soupèse, ne mette à l'épreuve, ne confirme et/ou n'infirme : il se penche sur chacun avec suspicion. L'historien ne pouvait pas en user autrement. C'est alors que l'auteur de fiction intervient, et il précise scrupuleusement chaque fois qu'il fait appel à son imagination. Et pourtant, comme je l'ai dit : dans les pages où il en vient à Khalil Bey, cette circonspection, cette pondération cessent d'être de mise.

Fort d'une quasi-certitude – Khalil Bey avait attrapé la syphilis à Saint-Pétersbourg – et quoiqu'il tire cette "information" d'une source contestable, il établit une corrélation avec les œuvres érotiques de Courbet, et particulièrement avec *L'Origine du monde* :

Khalil Bey est malade ; un homme délicat, et si loyal qu'il craint de contaminer les femmes

– soucieux de traiter Teyssèdre avec l'ironie qui est la sienne, remercions-le au nom de Khalil Bey.

Il n'aura donc plus de rapport sexuel avec les femmes. En conséquence de quoi *L'Origine du monde* est une œuvre importante : soit il voulait voir sur son mur "l'origine de sa mort à venir", soit il avait des visées autoérotiques.

Personne ne se demande pourquoi Jeanne de Tourbey, qui n'avait pas sa langue dans sa poche, n'a soufflé mot à quiconque du sérieux problème sexuel de son "maître" ? Est-ce uniquement en considération de sa fortune qu'elle a pris le risque de partager le lit d'un syphilitique ?

Teyssèdre ignore que le 24 décembre 1867, Julie de Neverly a donné une fille (d'abord Susanne, puis Chérifé Leylâ) à Khalil Bey alors à l'acmé de sa syphilis – une carence indigne d'un chercheur. Ou faut-il l'interpréter en termes d'indifférence à l'"autre" ?

Teyssèdre pense-t-il que Mlle Nazlı qu'il a épousée plus tard n'a pas eu droit à la même délicatesse que celle dont Khalil Bey avait fait preuve avec les dames françaises ? – cette fois-ci une incohérence indigne d'un narrateur.

En outre l'auteur adopte telle quelle la thèse selon laquelle la passion du jeu serait la cause de la faillite de Khalil Bey. Sans doute se débarrassa-t-il de la majeure partie des tableaux de sa collection lors d'une vente aux enchères dont le catalogue nous est parvenu ; sans doute cette opération lui procura-t-elle un bénéfice de six cent cinquante mille francs ; mais était-ce bien la seule raison ?

Mithat Cemal Kuntay rapporte le témoignage du journaliste Villemessant qui rendit visite à

Khalil Bey dans sa demeure viennoise, environ un an et demi après la vente aux enchères, et je le retranscris ici :

"Il était magnifiquement installé ; son antichambre, encombrée de domestiques en grande livrée brodée, qui les faisait ressembler à des lingots d'or, conduisait à un salon, puis au cabinet de Khalil Bey. (Je continue à l'appeler Khalil Bey, bien qu'à ce moment il fût Khalil Chérif Pacha.)

On retrouvait là tout le bon goût d'un Parisien de race. De beaux tableaux, des marbres des premiers artistes français, un portrait de famille peint par Mme O'Connel, ornaient cette pièce tendue de damas de soie, cerise, blanc et or. Il me semble voir encore, entre autres meubles curieux, son fauteuil tout composé d'énormes cornes de buffle entrecroisées." Dans ses Mémoires c'est avec une admiration infinie que Villemessant décrit les tapis, les meubles somptueux... Or il avait connu Khalil Bey à Paris et il avait donc été témoin de son train de vie à l'époque encore plus fastueux ! Quand ? Un an et demi après sa "faillite".

A mon sens, la question de la faillite de Khalil Bey a été mal abordée. Sa décision de quitter Paris n'est éclairée d'aucune information valable. Qu'il eût vendu sa collection uniquement pour des raisons financières ne me paraît guère plausible : si un homme capable de miser un million et demi de francs en une seule partie a pu avoir *besoin* de six cent cinquante mille francs, il a dû se passer par la suite quelque chose qui lui a permis de retrouver son ancien train de vie – or rien dans les registres qui puisse étayer une telle idée.

Qui veut *imaginer* Khalil Bey devra nécessairement s'enfoncer dans son brouillard. Personne ne s'est cassé les méninges sur l'évidence qu'il ne pouvait pas tenir en place : Le Caire – Paris – Le Caire – Istanbul – Athènes – Saint-Pétersbourg – Paris – Istanbul – Vienne – Istanbul – Paris – Istanbul. Comment Khalil Bey s'était-il créé une telle géographie ? Sous le coup de quelles pulsions ? Pourquoi a-t-il donc voulu se faire une place au centre de la vie sociale de chacune des villes où il se rendait, comment y est-il parvenu ?

Khalil Bey a-t-il passé sa vie à changer de place ? Etait-il homme à n'envisager la vie que dans un tourbillon permanent ? Quant à ceux qui voudraient prétendre qu'il n'appartenait pas à la capitale ottomane mais à celle du khédive, ils oublient qu'il ne retourna plus jamais en Egypte. Deux faits – son départ pour Paris dès la fin de sa mission, ses retours fréquents à Istanbul dictés par la soif du pouvoir – nous révèlent quelles étaient ses deux villes de prédilection. Sa villa de l'île de Lesbos était-il son troisième lieu favori, comme l'affirment certaines sources invérifiables ? Rien ne s'oppose à ce qu'il se soit attaché à cette île singulière au cours des années qu'il a passées à Athènes.

Seule l'inquiétude peut amener un homme à autant vouloir changer de décor que Khalil Bey, j'en conviens. Pour Roland Barthes, c'est la nécessité absolue, impérieuse, catégorique de changer de décor qui est à l'origine même de la "passion de la quête". L'écriture qui enquête quitte son gîte, se met en mouvement, atteint un nouveau gîte, se transforme et retourne là d'où elle est partie, à l'une des variantes possibles de *L'Origine du monde* – et alors…

Les frontières de l'empire auquel Khalil Bey appartenait dans une certaine mesure s'étaient irrévocablement mises en mouvement ; sinon son centre, ses extrémités avaient commencé de se déplacer : il n'a jamais cessé d'y penser.

Tout en étant étranger à cette unité : c'est qu'il venait d'Egypte, mais c'est aussi qu'ayant adopté une culture et un mode de vie différents il avait du mal à appartenir à l'endroit auquel il appartenait. Comment réduire à un point unique une existence qui a croisé celles de Courbet, de Sainte-Beuve, d'Offenbach (la biographie-fleuve d'Offenbach qui vient de paraître ne fait pas même mention de son nom), de Namık Kemal, de Şinasi, d'Ahmet Vefik Pacha, du tsar, de quatre sultans ottomans, de Midhat Pacha, du khédive Ismaïl ?

Un constat s'impose : comme il est allé de ville en ville, de femme en femme, il a aussi changé de collection. C'est un fait qu'il a vendu "la plupart" de ses tableaux lors de la vente aux enchères de 1868, mais de là à identifier ceux qu'il aura conservés... Comment affirmer que parmi les tableaux dont il n'arrivait pas à se débarrasser il n'y avait pas *Le Sommeil* et *L'Origine du monde* qui ne figuraient pas sur le catalogue ?

Le plus curieux, c'est qu'on chicane pour savoir qui a eu le tableau en sa possession entre Khalil Bey, son premier propriétaire, et le marchand de tableaux de la Narde, son second propriétaire homologué, mais personne ne conçoit qu'il a pu demeurer en la possession de Khalil Bey jusqu'en 1877.

Peut-être Khalil Bey a-t-il quitté Paris les mains vides ; mais il se peut aussi qu'il ait emporté un tout petit nombre de tableaux. Si Villemessant ne dit rien de précis sur les tableaux qui ornaient les murs de sa demeure de Vienne, cela s'explique : il ignorait tout de la question. N'oublions pas que le collectionneur Khalil Bey affectionnait les œuvres "nouvelles" : cela peut être la raison pour laquelle un journaliste aura eu du mal à les identifier à chaud.

Il n'y a tout de même pas de quoi s'étonner si Khalil Bey a continué sa collection de tableaux après 1868. Pourquoi faudrait-il qu'il ait mis en vente en 1872, avant de rentrer à Istanbul, la collection qu'il avait constituée ou enrichie à Vienne ? N'a-t-il pas pu disperser ses tableaux et sculptures, les emporter dans sa demeure d'Alemdağ, dans son *yalı** de Fındıklı, dans sa villa de Lesbos ? Je ne vois rien de rationnel dans l'explication selon laquelle il ne se serait occupé que de ses meubles, de ses tapis, bref de ses objets domestiques qu'il avait eu soin de transporter d'une ville à l'autre.

* Maison de bois située au bord du Bosphore. *(Toutes les notes sont du traducteur.)*

Ah ! qu'il est difficile de quitter le présent pour repartir en arrière ! Je devise avec Betül Mardin, dans son appartement de la résidence Belvédère – j'ai promis de ne pas fumer plus d'une cigarette par heure. Elle me montre le seul objet qui reste de Khalil Bey : une tabatière en argent sur laquelle sont finement entrelacées ses deux initiales. Khalil Bey aussi était un fumeur de tabac – du reste on le voit bien sur l'une de ses photos : au bout de son narghilé, ses yeux regardent au loin.

Cette petite boîte en argent pourrait à elle seule montrer comment la grande fortune d'une riche famille ottomane a pu fondre, lentement ou rapidement. Le jour de sa mort, le 12 janvier 1878, la personnalité de Khalil Chérif Pacha avait gardé toute son importance, quoiqu'il fût retiré dans sa maison depuis deux ans, après une attaque d'apoplexie. Mais quelles œuvres avaient accompagné Khalil Bey depuis 1868 ? Quelles œuvres se trouvaient dans le *yalı* alors situé à Fındıklı, une zone aujourd'hui comprise entre l'embarcadère de Kabataş et l'Académie, dont une photographie publiée par Sedat Hakkı Eldem m'a fait connaître les environs ?

Nul ne peut aujourd'hui savoir *ce* qu'il est advenu d'elles.

Khalil Bey a montré *qui* était l'Etranger, sans pouvoir l'expliquer – à Paris en 1869. Cent trente ans après il aurait fallu que Teyssèdre sache au moins le lire.

Camus fut le premier à expliquer l'Etranger à l'Europe.

Edmond Jabès a pleinement exprimé cette condition : comme Khalil Bey, il a émigré à quarante-sept ans d'Egypte en France, et il a mis dans les pages d'une profondeur isondable de son écriture sans limites ce que c'est que de demeurer un étranger, là où l'on est et là d'où l'on vient.

De cette solitude qui pèse de tout son poids sur tous ses écrits, il a vers la fin recueilli l'amande dans un livre unique, aussi compact qu'un atome : j'ai, rangé dans un dossier qui date de 1989, l'année de la publication d'*Un étranger avec, sous le bras, un livre de petit format*, la coupure de l'entretien qu'il avait accordé à André Velter.

"Je n'ai jamais pu savoir où j'appartenais", dit Jabès. Après qu'il a eu naguère pensé que le territoire qu'il *habitait* n'était pas celui d'un pays, mais celui de la langue dans laquelle il écrivait, le jour arriva où il décida que le *Livre* qu'il imaginait était son vrai pays.

Jabès est un juif d'Egypte de langue française – il est né dans son propre pays avec le statut d'étranger. Le "livre de petit format" désigne ce petit livre qui, cousu à l'intérieur de la manche gauche de la veste, contenait la Torah et que les juifs caressaient de la main droite, s'ils en étaient réduits à prier dans une église ou une mosquée.

Il est notoire que Pascal avait lui-même cousu à l'intérieur de la manche de sa veste un texte écrit de sa main qu'il estimait plus précieux que tout.

Navette qu'on fait passer par l'écriture : le Livre.

L'homme de lettres ne peut pas ne pas le tisser.

"Toi tu as accroché ta poésie au bout de ton cœur avec une épingle de nourrice", me dit un jour Ece Ayhan : c'est le compliment le plus précieux que j'aie jamais reçu.

"Etranger", tel est celui qui, où qu'il aille, emporte son écrit ou sa destinée.

Nul moyen de le lire que d'apprendre sa langue.

Voilà ce que les *autochtones* ne savent pas, ce qu'ils ne veulent pas savoir.

Gustave Courbet fit la connaissance de Khalil Bey en 1865, dans les jours qui suivirent la publication du livre de Proudhon, son ami proche, *Du principe de l'art et de sa destination sociale*. L'intérêt démesuré que cet ancien diplomate turc, venu de Saint-Pétersbourg où il avait attrapé (disait-on) la syphilis, éprouvait pour l'art, la femme, la vérité et le rêve, allait les réunir dans le projet le plus audacieux de l'histoire de la création artistique.

Khalil Bey était plongé dans un abîme de pensées extrêmes, face à la mort dont il savait qu'elle le grignotait rapidement, quand il offrit à Courbet, pour un seul tableau, la somme de vingt mille francs. Le peintre qui regardait avec hostilité l'esthétique apprivoisée, maniérée, classique de l'époque et qui était en passe d'entamer des liaisons dangereuses avec le "naturel" se vit ainsi proposer de faire un tableau mettant en exergue de la façon la plus explicite possible un sexe de femme.

Il y a quelques années, ce tableau eut sa place au rayon des rumeurs et son nimbe d'histoires mystérieuses. Enfin une reconnaissance officielle soudaine faisait voler en éclats l'équation totem et tabou qui durait depuis cent vingt-neuf ans. Et ce fut une éclosion de pages concernant les coulisses de l'œuvre : *L'Origine du monde*, accrochée pour la première fois sur le mur d'un musée, toute nue, accrochait tous les regards.

La Pomme n'a pas pour sujet la longue pérégrination du tableau de Courbet, presque toujours caché sous un voile, de Khalil Bey à Jacques Lacan en passant par Havatny, l'aristocrate hongrois.

C'est en sondant l'histoire du tableau dont il fait le personnage principal de son livre, et, dans son sillage, celle de Courbet, de Khalil Bey et de Proudhon, qu'un écrivain turc qui fait depuis des années la navette entre Istanbul et Paris élabore une "théorie de la Pomme" : entre le péché originel et l'ultime péché, il sort de sa cellophane un jeu de cinquante-deux cartes et cherche à comprendre par quelle bizarrerie il se fait qu'écrire revienne à mordre dans la pomme. Il distribue les cartes aux quatre joueurs installés autour de la table non sans y avoir d'abord ajouté les deux jokers. C'est seulement après qu'il les a battues et coupées qu'il en prend conscience : les autres joueurs ne sont pas encore là.

LA GROTTE DES OMBRES

J'appréciais ses écrits de philosophe, et j'avais lié des liens de sympathie avec sa personne en assistant à l'un de ses séminaires il y a des années – il avait su faire un grand feu de quelques étincelles de pensée originale : il s'est suicidé l'année dernière en se défenestrant. Depuis Socrate, on rencontre dans l'histoire de la philosophie, je le sais, des morts élégantes. Le suicide de Sénèque, l'autodafé de Bruno, la syphilis de Nietzsche, le sida de Foucault ou la strangulation d'Hélène par Louis sont là, éparpillés sur les pages d'un album privé. Pour moi, celle de Deleuze est la plus belle. Un poète dont je ne me rappelle plus le nom maintenant a dit qu'il s'était envolé, simplement : il avait tout compris, je crois.

Or donc, Deleuze avait une fois parlé des concepts personnifiés. Et nous avons tous connu Cogito, Epochê, Geist, la Plus-Value, et tant d'autres encore : autant de personnes, des gens de robe, des gens en costume trois-pièces, des gens en bleu de chauffe. Ils se sont mêlés à nous, ils nous ont côtoyés, nous les avons recommandés à d'autres ; sans avoir nécessairement gardé leur photo dans nos portefeuilles, nous avons gardé au plus profond de nous quelques-uns d'entre eux ; et si nous devions mourir, s'il nous fallait à l'instant prononcer notre dernier mot, nos lèvres qui s'entrouvriraient pourraient bien exhaler le "plus de lumière !" de Goethe ou le "Rosebud" de Kane, un charme, un concept unique.

Le mien serait, je crois, un "palimpseste" – du grec ancien *palempsêstos*, après deux mille années englouties à patienter au fond de l'océan *philosophia*, retenant son souffle, à peine fut-il remonté à la surface qu'il fut sur toutes les bouches, sur toutes les langues.

Je dis "je crois", mais, à l'évidence, je voulais dire "je souhaite" ; dès les premiers instants de notre première rencontre, je n'ai eu de cesse de lui attribuer tout ce qui se passe ou tout ce qui ne se passe pas ; et après toutes ces années, rien n'a changé, je continue indéfectiblement à expliquer tout ce qui se passe par son état de palimpseste ; et j'appelle tout : la Vie.

La notion fut mise à la mode ; et du coup, le *palimpseste* au sens strict fut tellement galvaudé qu'il a été appris puis oublié par tout le monde : autrefois, il y a très longtemps, à l'époque où il n'était pas si facile de se procurer les outils de l'écriture, on grattait l'écrit qui avait *fait son temps*, on en traçait un autre *à la place*.

Voilà le plus grand drame de ma vie : les écrits se superposent, *sur* un premier texte on écrit un autre texte. La crainte qu'un jour ne s'efface et ne se perde sans pouvoir retrouver sa place tout ce que j'ai vécu, tout ce que j'ai écrit est inscrite dans mon esprit et ma sensibilité sous une trace si persistante qu'il me suffit de voir une chose recouverte pour que je me dirige aussitôt vers elle : j'ai essuyé la poussière, j'ai entrepris des fouilles, je me suis efforcé d'ôter tous les voiles, de retirer les couvertures. Ce que je me propose de raconter ici est extrait du *Catalogue des pertes* auquel j'ai consacré des années, et j'y travaillerai jusqu'à ce que je ne sois plus en état de le faire, car il fait ma fierté – il serait plus juste de le penser en compagnie de ses voisins : depuis les manuscrits découverts dans les grottes de la mer Morte jusqu'à aujourd'hui, ce sont autant de traces et de travaux provisoirement ou définitivement effacés : derrière chacun d'eux on lit des gens un peu comme nous.

En cette première semaine du mois de mai 1862, Fedor Mikhaïlovitch Dostoïevski avait quarante-deux ans quand, en gare de Saint-Pétersbourg, il monta à bord du train qui devait le conduire à Paris. Les *Souvenirs de la maison des morts* venaient tout juste d'être publiés, et si *Les Nuits blanches* lui avaient déjà valu une certaine réputation d'écrivain, il n'avait aucune idée de l'avenir qui l'attendait. Sur la place où il fut conduit le 22 décembre 1848 pour être fusillé, face aux gens qui s'étaient attroupés dans le froid glacial pour assister à l'exécution, il avait entendu prononcer sa grâce comme il atteignait l'instant ultime de sa condition d'être humain ; et depuis qu'il était revenu à la vie avec au cœur une plaie qui n'en finissait plus de se refermer, l'avenir avait pris dans sa tête la forme d'un désert d'incertitude. Ne pouvait-on pas attendre de la part de cet homme nourri de doute plus que de foi qu'il se transformât en un croyant pur sang ? Au contraire, ses doutes s'étaient accrus. Il y a quelques années encore, à la suite de cet incident, il s'était vautré dans une désinvolture totale ; finalement, il se remit à quatre pattes, prêt à se reprendre, et quand il eut fini de composer les

Souvenirs, il se sentit prêt à se remettre debout, se retourna encore et se mit à contempler le monde qui s'agitait violemment. Comme l'idée d'un nouveau livre était en train de germer dans son esprit, il lui parut qu'il devait, avant de s'y atteler, se rendre en cette Europe qui l'attirait comme un aimant depuis sa prime jeunesse, ainsi d'ailleurs que ceux qui l'entouraient : il décida de se colleter avec Londres et Paris.

Le wagon s'ébranla. Tournant la tête, il regarda le voyageur qui allait prendre la dernière place libre dans le compartiment : le gros homme, assez petit, dont il ne tarderait pas à savoir qu'il était un Pétersbourgeois installé à Londres depuis des années, rangea ses malles et s'installa près de la fenêtre, juste en face de lui. Il avait, assis à côté de lui, cet Anglais roux qui, à peine à bord, avait chaussé ses pantoufles et s'était plongé dans son livre. De l'autre côté, les affaires d'un passager visiblement arrivé avant tout le monde : un sac étrange, il n'en avait jamais vu de tel, un livre et, sur le livre, un fez qui en cachait la couverture. Dostoïevski avait jeté un coup d'œil sur le couple assis en face : des paysans fortunés, d'âge moyen, qui avaient comme lui décidé de voyager hors de la Russie pour la première fois, afin de visiter l'Exposition universelle de Londres ; ils s'étaient déjà assoupis.

Vers la fin de la nuit, une secousse le réveilla : il s'aperçut que le sixième passager n'était toujours pas dans le compartiment. Les autres avaient rejoint les profondeurs du sommeil depuis belle lurette. Il descendit de sa couchette, remit ses bottines en s'efforçant de ne pas faire de bruit et sortit. La pâle clarté du couloir fit sur ses yeux éblouis l'effet d'une boule de feu éclatant soudain au milieu de la nuit ; il vit après coup que le sixième voyageur, la pipe entre les dents, contemplait par la fenêtre la steppe où ne brillait pas la moindre lumière.

L'homme petit, trapu, la barbe noire et fournie, se rendait à Paris : je suis l'ancien ambassadeur ottoman à Saint-Pétersbourg, dit-il à Fedor Mikhaïlovitch. Et les points d'interrogation sur le fez et le sac de s'envoler. Ils parlèrent d'abord d'insomnie. L'écrivain fut surpris de ce que son interlocuteur disait du sommeil ; il pensa un instant être englouti dans un océan de signes ; avec une dextérité qu'il avait rarement observée chez un étranger, au détour de bouts de phrases qui lui semblaient jaillir tout droit de la plume de Pouchkine, voire de Lomonossov, l'étranger avait d'un coup installé une atmosphère tout enténébrée. Pour changer de sujet, il lui posa une question à laquelle il ne donna pas de tonalité interrogative : "Vous aimez Pouchkine ?" L'homme leva les yeux au ciel : *"I gde mne smert pachliot soudbina ?"* Ils commencèrent par le ciel, descendirent vers le sud et allèrent jusqu'à Constantinople. Dostoïevski se prit à imaginer la baie de Bebek, et l'instant d'après ils se retrouvèrent au cœur d'une discussion enfiévrée. Tchernychevski avait été arrêté deux mois plus tôt. L'homme lui donna raison sur toute la ligne, ainsi qu'à Nekrassov d'ailleurs, et cette attitude tout de même inattendue de la part d'un étranger, *a fortiori* d'un diplomate, effraya Dostoïevski. Qui plus est, il y allait d'une apologie telle qu'il ne tarda pas à se laisser emporter par la discussion – d'ailleurs l'homme ne s'attarda guère là-dessus, en proie à une grande fureur il se mit à pester contre la slavophilie des frères Aksakov, il était tout pâle, des gouttes de sueur lui perlaient au front, la question "Lui aussi donc ?" traversa brusquement l'esprit de Dostoïevski, mais quand il fut ensuite question de faire l'éloge de Bielinski, ce fut plus fort que lui, il interrompit l'homme et se lança dans une violente diatribe contre les adorateurs de l'Occident, l'étranger l'écoutait en rallumant sa pipe. L'Ottoman et le Russe sondèrent la situation précaire, complexe, qui était la leur devant l'aire d'influence de l'Europe, tantôt élevant la voix, tantôt s'invitant mutuellement à parler plus bas, de crainte de réveiller ceux du compartiment. Et chacun d'abuser de l'insomnie de l'autre. Vers le point du jour, épuisé de fatigue, Dostoïevski demanda la permission de se retirer, rentra dans le compartiment, referma doucement la porte derrière lui ; avant de regagner sa place, cédant à la curiosité, il souleva le fez posé sur le livre et, dans la lueur bleu foncé que filtrait la fenêtre, il lut : *Les Fleurs du mal*. Dans la pénombre il ne put distinguer, au-dessus du titre, le nom de l'auteur.

Je pense qu'une seconde conversation a pu se nouer entre Dostoïevski et Khalil Bey, au wagon-restaurant, à Eydkuhnen, juste après la frontière prussienne ; pour le moment du moins.

Ce n'est pas une certitude. Rien n'est jamais certain. En somme, si vous cherchez à aligner les lettres pour reconstituer des réalités effacées, soyez vigilant quand vous rencontrez des gens qui parlent des vérités. Je ne sais qu'une chose : ce qu'ils appellent vérité, c'est ce qu'ils croient être vrai. Moi par exemple quand j'ai commencé ce texte, je possédais certaines données : un tableau, et sur ce tableau une histoire, des documents dont je préférais penser qu'ils étaient authentiques (sans exclure l'hypothèse que je puisse découvrir un jour qu'ils étaient faux). Le scientifique pratique le doute. Il a raison de vouloir mesurer par lui-même pour bien vérifier les dimensions du tableau dont je parle, autour duquel je ne cesserai de tourner, devant lequel je resterai planté : 46 x 55 cm.

Sans doute pourriez-vous me faire remarquer qu'il s'agit là d'une certitude. En disant que rien n'est certain, je me place sur un autre plan : certain et incertain s'imbriquent indéfectiblement.

Et si la vie est ambiguë, si la vérité est floue, c'est le fait de cette obligatoire coexistence. A peine suis-je en possession de quelques certitudes que j'établis des connexions tout en sachant que de multiples éléments viendront les troubler. En l'occurrence, nous savons que Dostoïevski alla de Saint-Pétersbourg à Paris au début de l'été 1862 ; et c'est à partir des *Notes d'hiver sur impressions d'été* que j'ai écrit les deux chapitres précédents, en transposant, inventant, remplissant les vides, selon la trigonométrie du hasard. J'ai du coup parlé de Khalil Bey, vous l'aurez compris : il a effectivement été ambassadeur ottoman à Saint-Pétersbourg jusqu'en 1860. Nous *savons* qu'il a quitté Saint-Pétersbourg pour Paris où il s'est installé, mais nous *ignorons* la date précise de ce voyage. Peut-être quelqu'un la sait-il, mais voilà nous l'*ignorons* encore ; j'ai beau avoir essayé de découvrir tout cela, je n'ai pas planté mes serres dans le processus heuristique autant qu'un scientifique ou un historien. Ce que je peux savoir, moi, c'est autre chose.

Est-ce à dire que je ne possède aucun élément qui me permette d'affirmer que Dostoïevski et Khalil Bey se sont rencontrés lors de ce voyage (ou auparavant à Saint-Pétersbourg) ? Oui, absolument. D'ailleurs la date du voyage effectué par Dostoïevski n'est pas certaine, seulement approximative ; je ne dis rien pour l'instant du jour précis auquel Khalil Bey a quitté Saint-Pétersbourg (j'attends des précisions des archives ottomanes), tout ce que je peux dire, c'est qu'il s'est installé à Paris entre 1860 et 1865.

Qui peut certifier qu'ils ne se sont pas rencontrés ?

Le train traversa lentement des forêts et pénétra dans le territoire français. Avant d'arriver à Paris, Khalil Bey fit tout défiler : son enfance, sa jeunesse, sa première nomination à Paris, ses amours orageuses dans sa garçonnière de Galata, le visage d'Irini, son amitié solide avec le "chimiste" derviche Mehmet Emin, sa maison rue d'Anjou, le suicide d'Hélène Duplessis, son premier hiver à Saint-Pétersbourg, puis le second, Anna Davidova, et sa mort qui cheminait lentement dans son corps : il allait à *sa* rencontre. Le train entra vers le soir en gare de l'Est.

C'est par la gare de l'Est que Khalil Bey a dû arriver à Paris. Ouverte dès 1849, mais achevée en 1852, cette gare avait offert une nouvelle artère à la ville. Sans doute Khalil Bey fut-il surpris de voir la large voie, du boulevard de Strasbourg au boulevard de Sébastopol, puis au bord de la Seine : tout l'équipage d'une ère nouvelle est désormais en place. Au son de la musique de la voiture à cheval qui chaloupait sur les pavés, il fendit une foule d'hommes et de femmes qui regardaient avec curiosité son fez et ses affaires ; arrivé à son hôtel quai Voltaire, il se retire dans sa chambre après l'incontournable cérémonie d'accueil et s'étend sur le lit. Il a enfin sommeil. Mais à peine a-t-il fermé les yeux que son âme trépide de la secousse du train. Il prolonge les rails, il prolonge la discussion avec le Russe atteint d'un début de calvitie. Il s'assoupit, il parvient finalement à s'assoupir. Telle, dans le bronze de la mare juste en face de l'hôtel, la barge à moitié retournée, son corps volumineux glisse. Le visage du dernier khédive lui traverse l'esprit, comme un ruban fulgurant, ses traits se mêlent à ceux du Russe, le fond de l'eau est passablement ténébreux.

Vous entrez dans la grotte : tout est noir. Vos yeux sont encore dehors, et vous ne pouvez ni regarder ni voir ; s'il était possible de regarder, peut-être avec le temps serait-il possible de voir. L'œil s'habitue à l'obscurité ; avec le temps il apprend à en déchiffrer la lueur. Quant aux parois internes de la grotte, elles réfléchissent comme un miroir, multiplient et répandent la moindre miette de lumière filtrant de l'extérieur ; plus on s'y enfonce et plus la grotte s'ouvre, plus elle se retire et attire dans sa profondeur, dans son absence de fond. Puisqu'il n'est de chose qui ne puisse être assimilée à une autre, on assimilera cette étendue tremblante, mouvante, chaude, à l'espace, au vide spatial, au tourbillon qui œuvre au centre d'un trou noir. Et l'on y chemine, le cœur étreint d'une peur dont on ignore la cause, poussé par une puissante volonté dont on a perdu l'origine ; et si l'on ne progresse pas, le sentiment d'avancer, d'être en train de progresser est bel et bien là, en permanence. Une campagne qu'on eût voulue sans fin, débarrassée de toutes les mesures du Temps, arrache le cavalier exalté, au galop ; la terre tourne, c'est seulement ici dans cette situation qu'on se rend compte qu'elle tourne et fait tourner : les parois de la grotte disparaissent.

Les jours suivants, nous voyons Khalil Bey s'employer à organiser sa vie, dans cette ville qu'il connaissait autrefois de l'intérieur, soucieux de partager entre joie et chagrin ses jours désormais comptés. Il commence par s'installer à l'angle de la rue Galande, dans l'hôtel particulier d'un marchand de sel décédé quelques mois auparavant, que ses filles ont mis en location. C'est une demeure à deux étages, somptueuse et décorée avec goût. Les hautes fenêtres de la façade donnent sur le jardin d'une église quasi en ruine, entre la cathédrale Notre-Dame et le Petit Pont. Tous les matins, Khalil Bey se rend de bonne heure sur l'île. Il en fait le tour à pied. A midi il déjeune légèrement. Dans l'après-midi il prépare la liste des convives qu'il invite à dîner. Le salon est plein à craquer tous les soirs : la nièce de la tsarine, la princesse Savitzkaia, joue du piano ; dans un coin se rue le triple galop d'une de ces causeries sur le haschich plus que jamais à la mode depuis que Gautier est rentré. Au milieu, deux énormes tonneaux de vin du Médoc ; autour, poètes et pseudo-poètes, peintres et prétendus peintres, jeunes danseurs de vaudeville, consuls, caricaturistes, philosophes et faux philosophes, grands ratés et candidats au ratage, joueurs, prostituées de luxe, baronnes de luxe, barons ruinés, un médecin fou, un Italien au langage grossier, une soprano mélancolique, des zibelines, une redingote, des bottes étincelantes, des valets, des chandeliers… Khalil Bey possède une fortune qu'il fera fondre comme la pleine lune avant de mourir.

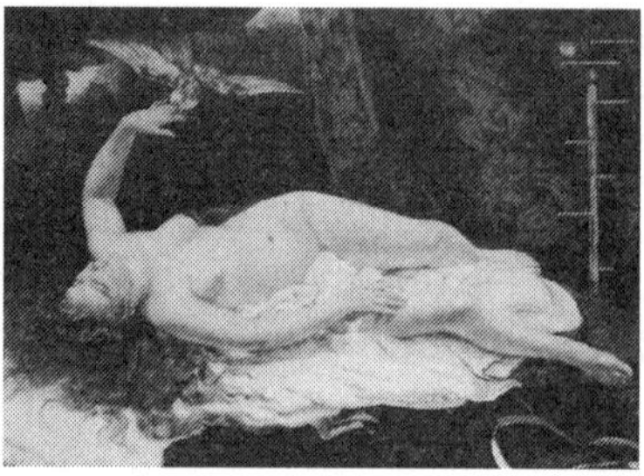

Gustave Courbet passa la nuit de la Saint-Sylvestre de 1864 à 1865 à Ornans, dans la maison paternelle. Les hémorroïdes dont il n'arrivait pas à se débarrasser étaient sorties gonflées comme des noix : elles limitaient considérablement ses mouvements. Avant le 15 du mois il reçut des nouvelles de Paris ; le grand maître, "le pilote du XIXe siècle", était gravement malade ; le peintre espérait le voir vivre assez longtemps pour pouvoir faire son portrait, mais cela ne fut pas le cas : le 19 janvier 1865 Pierre Joseph Proudhon mourut dans sa maison de la rue de l'Enfer. Et c'est, plus tard, à partir d'une photographie de Carjat que Courbet réalisa son portrait au fusain, *Proudhon sur son lit de mort*.

Une foule de six cents personnes, essentiellement des ouvriers, accompagna le cercueil de Proudhon jusqu'au cimetière de Passy. La cérémonie ne tarda pas à se transformer en une manifestation assez importante. Quant à la poignée d'intellectuels qui admiraient cet étrange socialiste, ils jugèrent préférable de rester à l'arrière. Sainte-Beuve avait pris sa place sur la liste des coureurs de jupons grâce à sa liaison avec l'épouse de Victor Hugo, les autres se tinrent un peu à l'écart de lui. Le fameux critique des lundis se retrouva à côté d'un Oriental : ils se lièrent aussitôt d'amitié.

Courbet emménagea à Paris au retour de la belle saison ; mais la chaleur augmentant ses hémorroïdes il se rendit à Trouville, où il acheva l'année 1865. Il rentra à Paris aux premiers jours de 1866 ; pendant des mois il avait eu une production féconde, il ne baissa pas la cadence dans la capitale. En avril Baudelaire, qui avait été frappé d'apoplexie à Bruxelles, fut rapatrié à Paris. Sainte-Beuve ayant promis à son Khalil Bey de lui présenter le poète, ils se rendirent de conserve au Salon de 1866 ; c'est là que Khalil Bey rencontra la *Femme au perroquet*, dont il tomba littéralement amoureux. C'est ici précisément que commence notre histoire : à l'instant où Sainte-Beuve prit Khalil Bey par la main pour le conduire dans l'atelier du peintre.

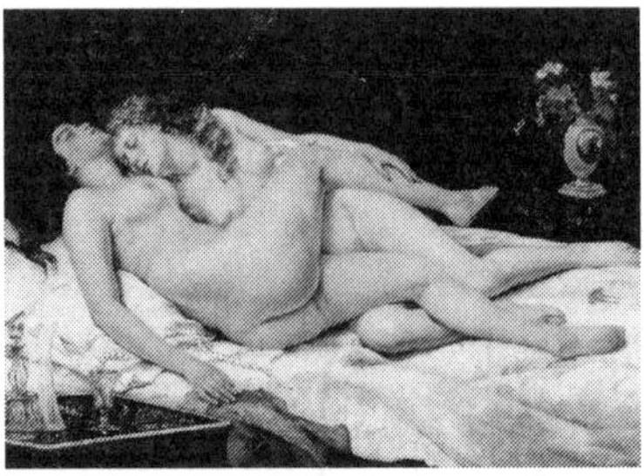

Les historiens laissent libre cours à leur émotion quand ils parlent des couches qui se sont effacées, et à leur aplomb quand ils écrivent autre chose à la place. On sait pourquoi Khalil Bey se rendit à l'atelier situé au 69 de la rue Hautefeuille : il voulait acheter *Vénus et Psyché*, que le Salon de 1864 avait refusé, pour l'exposer à côté d'un autre tableau sur un des murs de la maison qu'il avait décidé d'acquérir : *Le Bain turc* d'Ingres, qui attend dans sa collection depuis quelque temps.

"Nous ne savons rien, disent les historiens de l'art, du dialogue qui s'est noué entre Courbet et Khalil Bey sur *Le Sommeil* d'abord, puis sur *L'Origine du monde*." Une seule certitude : *Vénus et Psyché* que Khalil Bey avait vu lors de sa première visite dans son atelier venait d'être vendu quelques jours auparavant. Courbet parla-t-il ce jour-là à Khalil Bey de son projet qu'il concevait comme le prolongement de ce tableau ? Ou est-ce Khalil Bey qui lui parla de son fantasme de deux femmes nues dans le même lit ? Et les glossateurs de balancer entre ces deux hypothèses. Sans pour autant arriver à percer deux ou trois mystères : comment Khalil

Bey s'y prit-il exactement pour persuader Courbet de peindre *L'Origine du monde* ? (en dehors du prix qu'il lui en offrit) ; qui baptisa ledit tableau ? Quels propos les deux hommes échangèrent-ils en l'occurrence, sur les femmes, l'amour, le désir et la mort ?

Quand Khalil Bey, demeuré seul avec quelqu'un, plonge dans une causerie aussi profonde qu'un puits, il aime à s'approcher de son interlocuteur. Ils ont dû, lui et Courbet, s'asseoir sur le même divan pour bourrer leurs pipes.

J'ai pris la rue Hautefeuille des dizaines de fois ; si j'avais vraiment brûlé du désir de le savoir, je crois que j'aurais pu trouver de quel côté de la rue était situé l'ancien numéro 69 – dans le *Dictionnaire des rues de Paris* d'Hillairet, ou à quelque autre source. Mais à quoi bon découvrir la vérité ? Et deux sentiments me dominent tour à tour, tantôt celui-là, tantôt l'inverse.

La rue Hautefeuille est une rue longue, coupée en son milieu par le boulevard Saint-Germain. Dans sa portion sud, une inscription gravée dans le marbre : "Ici vécut Charles Baudelaire."

Mon imagination situe l'atelier de Courbet dans la portion la plus proche du fleuve.

A ce stade, il serait absurde de prétendre atteindre la vérité : car on a entrepris en 2000 de grands travaux à l'angle de la rue où Baudelaire a vécu ; on a tout démoli sauf la façade ; la construction qui surgira de ces travaux aura-t-elle encore quelque chose à voir avec le décor où Baudelaire a vécu ?

Le visage des villes, des rues, des bâtiments est trompeur. Les choses peu à peu se transforment de l'intérieur jusqu'au moment où la façade n'est plus qu'une façade.

Les visages humains sont-ils tellement différents ?

Comment passer de l'autre côté de tel visage, que quelques photos, quelques tableaux nous ont rendu familier ? Quelle distance pouvons-nous y parcourir ?

Voilà, à cette heure avancée de la nuit – qui sait combien de fois ils se sont déjà rencontrés –, Khalil et Gustave sont en train de discuter ; sur l'art et les tableaux, sur l'amour et les femmes, glisse l'eau de leurs paroles, tantôt rosée, tantôt bruine. A un moment ils parlent politique : on n'entend pas ce qu'ils se disent.

Il suffit qu'ils évoquent le corps féminin pour que tout ce qui les sépare – religion, langue, géographie, culture – batte aussitôt en retraite. Khalil Bey parle à Courbet de la malignité angélique qu'il boit aux yeux, aux traits de Jeanne de Tourbey, puis il évoque le feu doux qui couve sous ses vêtements et qu'il ranime de sa voix, de son souffle : dans la cheminée de l'atelier, de légers crépitements.

C'est au tour de Gustave. A son interlocuteur, qui sait écouter, il dit son aversion pour les bourgeois, la haine que lui inspire la province, tout ce qui l'a rapproché de la nature : le peintre parle soudain des vagues, de la forêt, des cerfs vigoureux, avec passion ; et de décrire longuement l'une des grottes qu'il affectionne. De la grotte ils repassent aux femmes, monde obscur et mystérieux. Quand Courbet en viendra à Jo, la maîtresse de Whistler, à nouveau le feu s'embrasera.

Le feu prend par les longs cheveux roux et bouclés, progresse sur tous les endroits de sa peau toute blanche, la braise entre ses jambes brûle finalement tout ce qui s'approche, éparpille les cendres. Aux scènes d'incendie de Khalil Bey se mêlent celles de Courbet. Ces deux hommes, dans cette scène, je ne les confonds pas avec ces nobles à demi impuissants qui avilissent leurs femmes : il est des hommes dont chaque mot évoque des charbons ardents ; pour exprimer la passion incrustée au tréfonds de leur être, de leur âme, il leur faut un style sauvage et rude, certes, mais jamais leur langue ne s'enlaidit ni ne se rabaisse.

On a pondu des pages entières pour réduire Khalil Bey à un Oriental accro du cul et Courbet à un marchand de chair. Cent trente ans après, il fallut que soient reprises à la une de *France-Soir* la débilité de Maxime Du Camp, l'admiration baveuse des frères Goncourt : de l'art ou du cochon ?

L'Origine du monde n'était pas un *truc* pour les pseudo-humains épouvantés à l'idée de *voir* l'objet de leur désir, de le regarder *fixement*, probablement convaincus qu'ils seraient vus et regardés au même moment.

“Quant à l’opinion infâme, une histoire de genèse de quelques pages, un récit de genèse dont chaque mot est couvert de voiles, se tenaient derrière sa morale pétrifiée.”

Ces gens qui avaient toujours éteint les lumières n’étaient vraiment pas prêts à voir ce qui leur était montré.

Aussi Khalil et Gustave avaient-ils prévu voiles et couvertures. Même Lacan, en 1955, devait dire “encore”.

Au moment de l'arrestation de Courbet, le 7 juin 1871, Khalil Bey se trouvait à Vienne où il exerçait depuis environ dix mois ses fonctions d'ambassadeur. Il avait suivi la Commune de loin, avec une émotion ineffable, sans être pleinement satisfait des renseignements fournis par ses amis français : d'un côté son cœur battait pour les insurgés, de l'autre il essayait d'imaginer dans quel état se trouvait sa belle cité à présent sens dessus dessous. Il était fier que Courbet se fût battu dans les premiers rangs, qu'il eût fait un usage pertinent de l'héritage de Proudhon, sans pouvoir pour autant se défendre d'une certaine tristesse en apprenant que la colonne Vendôme avait été déboulonnée : à l'époque où il habitait la rue Taitbout, les soirs où la pluie balayait la ville, il allait sur le boulevard désert, traversait la place de l'Opéra et, arrivé à cette somptueuse place, se laissait emporter par la marée basse, comme celle qu'il avait vécue un jour sur la rive du Bosphore, pendant qu'il contemplait le bois d'en face. De savoir qu'en rentrant il allait trouver Jeanne de Tourbey en train de l'attendre, son visage inquiet contre la vitre, cela lui faisait chaud dans la poitrine, au bas-ventre, à l'âme.

C'est lors de son séjour en prison que Courbet put faire véritablement l'expérience de ce que c'est que d'être un étranger. Ses amis peintres ou écrivains, qui naguère le quittaient à peine, clamaient à présent, à travers sa personne, leur haine pour la Commune. A sa sœur Zoé venue lui apporter de quoi peindre il demanda des pommes, en grande quantité : il se mit à peindre des natures mortes. Il voyait jour après jour sa santé se dégrader. Il ne doutait pas de ce qu'il guérirait en sortant de là, ignorant qu'il prendrait alors un chemin sans retour.

Lorsqu'il fut élargi de l'hôpital où il était gardé derrière les barreaux, il ne savait pas encore que Khalil Bey avait reçu le titre de "pacha". Khalil Bey, quant à lui, ignorait encore qu'il serait nommé ministre des Affaires étrangères dans le gouvernement de Midhat Pacha, au mois de septembre de la même année.

Khalil Bey quitta Vienne le 3 octobre 1872. Douze jours après, il organisa la cérémonie nuptiale la plus somptueuse qu'Istanbul eût connue à cette époque : il épousa Nazlı Hanım, la fille de Mustafa Fazıl Pacha, qui parlait deux langues étrangères et jouait du piano.

La veille du jour où il devait mener la mariée dans son *yalı* de Fındıklı, pendant la nuit, il décrocha le tableau qui était dans le bureau situé en retrait, l'enveloppa dans une épaisse toile marron et le rangea dans une malle qu'il ferma à clef et descendit à la cave.

Tout le temps qu'il fut ministre, les deux époux ouvraient chaque soir les portes de leur *yalı* à une foule de gens distingués, autochtones et étrangers. Les échos de ces soirées parvenaient jusqu'à Paris, jusqu'à Vienne. Khalil Pacha continua à jouer, à gagner et à perdre. Il passa les derniers mois de l'année 1872 à participer aux préparatifs d'*Ecel-i Kaza* ; c'est son ami intime, Namık Kemal, qui avait écrit en collaboration avec Ebûzziya Tevfik cette pièce qui devait être montée dans le théâtre d'Ahmed Gedik Pacha, un autre ami proche. Lors de sa création en janvier 1873, l'étau de haine inexorable que le khédive Ismaïl vouait à Khalil Chérif Pacha s'était considérablement resserré. Le 11 mars 1873 il devait être disgracié.

Au loin, l'étau qui se resserrait autour de Gustave Courbet était également en passe de l'étrangler. Lorsque tous ses biens furent saisis en juin 1873, il se rendit compte que son pays, sa patrie, le rejetait définitivement. C'est alors que s'ouvrit le chemin de l'exil. Sa santé déjà affaiblie fut terrassée par une "hydropisie". Quand le 22 juin il comprit qu'il serait condamné à rembourser les frais de reconstruction de la colonne Vendôme, il partit pour la Suisse, s'installa au bord du lac, à La Tour-de-Peilz. Il était arrivé au terminus.

Une nuit Courbet eut de la fièvre. Dans son lit, après s'être retourné en tous sens, presque entièrement trempé, il s'assoupit quelques instants. Il se vit assis dans une barque en face d'un homme dont il ne pouvait distinguer les traits, en train de voguer sur des flots noirs. Au moment où ils s'approchèrent de l'entrée d'une grotte, il réalisa qu'ils étaient arrivés à la source de la Loue, et qu'ils voyageaient en fait dans l'un de ses tableaux. Quand ils furent à l'intérieur de la grotte, son rêve s'épaissit de plus en plus, l'homme en face de lui se mit à parler ; à ce moment, il ne put distinguer ses paroles mais comprit très bien qui il était.

Le soir du 11 janvier 1879, Nazlı Hanım envoya Mecit, le fidèle valet de Khalil Bey, chez le docteur Galip Bey : "Khalil Pacha a eu un malaise."

Une heure après, Galip Bey se levait du bord du lit où il s'était assis et dit à Nazlı Hanım, qui porta la main sur sa bouche : "Je suis désolé, madame, vraiment désolé, mais je ne crois pas qu'il puisse jamais reprendre connaissance." Mecit, debout près de la porte, s'écroula ; sa chute subite fit un grand fracas.

Khalil Bey entendit aussi bien le dialogue que le fracas. Il venait de fêter ses cinquante ans ; son corps et son esprit étaient aussi fatigués que s'il avait cent ans ; il était prêt à partir. Quand il se trouva mal le 11 septembre 1876, la paralysie qui le frappa au côté gauche l'avait démoli, il avait décidé de se suicider, pensant qu'il ne pourrait plus jamais recouvrer la parole. Ayant subodoré – allez savoir comment – ce qui lui traversait l'esprit, Mecit avait guetté le moment où Nazlı Hanım descendrait dans la cuisine, pour s'approcher de lui : "Vous guérirez, monsieur, lui avait-il dit, s'il vous plaît, soyez patient." A l'exception de sa fille Chérifé, Khalil Bey n'aimait plus personne, mais il avait un faible inexplicable pour cet homme chétif qui ne prendrait pas dans son tiroir – pas encore – la fiole de cyanure qu'il s'était procurée à Vienne.

Pendant ces jours-là il avait pensé qu'Abdülhamid II qui l'avait disgracié, manipulé par le khédive Ismaïl, l'avait réellement débilité. Complètement désœuvré, il avait pendant deux années entières terminé toutes ses nuits à la table de jeu, insensible à l'indignation courtoise de Nazlı Hanım ; il dormait tous les jours jusqu'à midi, passait ses après-midi à s'occuper de Chérifé. Il se retirait dans sa chambre pour travailler au texte qu'il devait remettre à Midhat Pacha. Pour Khalil Chérif Pacha, cela ne faisait aucun doute : la seule solution pour l'Empire passait par une révision de fond en comble de l'esprit qui présidait aux affaires de l'Etat. Il suivait de près les derniers développements politiques en Egypte, en Europe et en Russie, qu'il connaissait bien. Ce triangle, tendu depuis longtemps, commençait à se craqueler : les choses ne pourraient continuer ainsi.

Vers la fin de l'année, il recouvra presque la santé, sa langue se dénoua ; et quoique son côté gauche fût un peu lent à suivre le reste de son corps, ses gestes ne révélaient aucun dysfonctionnement. Et pourtant, Khalil Chérif Pacha sentait l'épuisement le gagner, il ne souhaitait qu'une chose : que la prochaine fois les choses ne traînassent point. Il avait toujours eu peur de finir comme une épave. Sur ces entrefaites, il fut saisi d'une grande émotion en apprenant qu'il était de nouveau nommé ambassadeur à Paris. Mais sa nomination fut annulée avant même d'avoir pris effet. Le 24 mai 1876, il fut nommé de nouveau ministre, le 17 juin il devint ministre de la

Justice ; le 31 août, Murat V détrôna et remplaça Abdülhamid II. Dix jours après Khalil Chérif Pacha était frappé de paralysie, ce qui provoqua des rumeurs sans fin dans Istanbul. Malgré tout, il bénéficiait à cette époque d'une protection. Il formula une dernière demande : le 12 mars 1877 le vizir ratifia sa nomination comme ambassadeur à Paris.

En Suisse, dans sa modeste maison au bord du lac, Gustave Courbet se réfugiait de plus en plus dans l'alcool ; il avait pris de l'embonpoint, considérablement. Quoique le moindre mouvement le fît toujours plus souffrir, il ne quittait pas son chevalet. Quand en 1876 il fut condamné par contumace à payer une somme qu'il ne serait jamais à même de réunir, il comprit qu'il ne rentrerait plus jamais en France : il passerait le reste de sa vie à La Tour-de-Peilz. Il ne recevait aucune visite. Un soir, entre chien et loup, on frappa à sa porte, il se leva à grand-peine et se dirigea vers la porte. Il ne reconnut pas tout de suite Khalil Bey.

Nous ignorons ce qu'ils se dirent cette nuit-là avant que les premières lueurs du jour ne vinssent effleurer les murs de la pièce où ils s'étaient installés. Ni comment Courbet réagit lorsque Khalil Chérif Pacha lui remit l'objet enveloppé dans un drap. Le 31 décembre 1877, tandis que tout le monde s'amusait à la folie dans les fêtes du Nouvel An, il mourut sans faire de bruit.

Khalil Chérif Pacha séjourna au moins six mois à Paris. C'était une des périodes les plus agitées que l'Empire ait traversées, mais il y resta parfaitement indifférent. Il avait laissé Nazlı Hanım à Istanbul, dans son *yalı* à Fındıklı où rien ne l'intéressait plus que Chérifé ; à l'ambassade, il n'acceptait d'autre présence que celle de Mecit. Il se levait tôt le matin, savourait le plaisir de demeurer un moment dans son lit sans bouger, puis marchait à pas lents vers la rive du fleuve. Mecit le suivait comme une ombre. La voiture de l'ambassade, spécialement apprêtée pour la saison estivale, le conduisait un jour au jardin du Luxembourg, un jour au bois de Boulogne ; Khalil Chérif veillait à avoir toujours avec lui des vins de Bourgogne et d'Alsace, quoique sachant à quel point cela était désormais nocif pour son estomac. Sur le chemin du retour, un peu sous l'effet du grand air, un peu sous celui du vin, il s'allongeait et dormait dans la voiture. Un jour Mecit le vit rire à haute voix : il aurait tellement voulu savoir quelles étaient ces visions qui le traversaient ! mais son éducation, la nature de leur relation le lui défendaient, il ne demanda pas au pacha de quoi il avait rêvé.

Immobile, allongé dans son lit, Khalil Bey se rendit soudain compte que la Nuit tombe, dans tous les sens du terme. S'il n'était pas incapable de faire le moindre effort, il prierait Nazlı Hanım, qui veille à son chevet en pleurant silencieusement et dont les traits évoquent, sous la clarté de la chandelle, le visage enfariné de Pierrot, d'éveiller Chérifé et de la lui amener. La vue de ce petit corps frêle lui rappelle son enfance en Egypte. A la mort de sa mère on l'avait séance tenante expédié dans un pensionnat à Paris. Chaque Français qu'il avait rencontré, à cette époque ou dans les années qui suivirent, lui avait paru une variante en chair et en os des caricatures de Daumier ; ils étaient tous, jusqu'à Sainte-Beuve, autant de personnages issus de sa plume acérée, qu'il avait toujours admirée. Prenant leur monde étriqué pour le centre du monde, ils vivaient à l'intérieur des frontières de leur bonheur imbécile. Courbet sortait du lot : entre l'origine et la fin du monde, ces deux pôles obscurs, ses tableaux l'engageaient dans un grand combat. La fin du monde, son terme prévu – ceux qui considéraient *Un enterrement à Ornans*, *L'Atelier*, *La Grotte* comme autant de chefs-d'œuvre étaient loin d'en pressentir les préoccupations métaphysiques, bien au-delà de ce que décelaient leurs commentaires, limités au constat de la puissance latente de sa critique sociale ou de sa passion de la nature. Ils s'arrêtaient à la multitude humaine de cet immense tableau qu'est *Un enterrement à Ornans*, sans même apercevoir la fosse, presque cachée, là, au premier plan, avec juste au bord du trou ce crâne et cet os… Le trou obscur, aveugle, dont nous sommes sortis et le trou que nous verrons à la fin ne signalent-ils pas qu'il n'existe rien pour nous au-delà de ces deux extrémités ?

Khalil Bey pensait qu'il était sur le point de disparaître. Aussi sûr qu'il allait bientôt mourir, il était incontestable que son corps qu'on emporterait après sa mort pour l'enterrer se décomposerait rapidement ; ses os deviendraient peu à peu poussière et se mêleraient à la terre ; toute trace de lui allait un jour disparaître. Les années passeraient, et le jour où Chérifé connaîtrait à son tour le même sort, il ne resterait plus personne pour se souvenir de lui. Au reste pourquoi se souviendrait-on de lui ? L'Empire ottoman aurait-il un avenir ? Il n'en était plus si sûr ; et quand bien même, il tiendrait une place très limitée parmi les personnages qui auraient contribué à cet avenir d'une manière ou d'une autre. Quant à son existence, aux faits marquants de sa vie, pour quelle raison quelqu'un s'aviserait-il un jour de se retourner en arrière et de se mettre à y fouiller : toutes les vies s'oublient, condamnées à l'oubli ; la sienne se préparait à prendre place au rang de celles qui seraient le plus vite oubliées.

Au petit matin, un souffle entré par une des fenêtres laissées ouvertes éteignit d'un coup dans les chandeliers les bougies qui étaient presque entièrement consumées. Nazlı Hanım se secoua, faillit se retourner pour appeler, mais Mecit était déjà descendu pour renouveler les chandelles. On alluma les nouvelles bougies en silence, comme si on avait peur de déranger Khalil Chérif Pacha. Or il était mort au moment où les bougies s'étaient éteintes. Sans comprendre ce qu'était la mort, lui qui était si curieux de savoir ce qu'elle était, comment elle était. Lorsque Nazlı Hanım se jeta sur lui, sa tête qui était droite glissa insensiblement de côté. Ses yeux et sa bouche étaient légèrement entrouverts. Mecit considéra attentivement ce visage pour la dernière fois ; il savait qu'un corps dont l'âme s'était détachée ne pouvait donner aucun signe ; il quitta la pièce et se dirigea à pas déterminés vers sa propre chambre. Il repoussa la porte qu'il ferma à clef. Il prit la fiole de cyanure au fond de son tiroir ; sans la moindre hésitation il la porta à sa bouche, renversa la tête et fit couler le poison en lui jusqu'à la dernière goutte, puis se blottit dans son lit.

Soudain l'odeur de la grotte s'évanouit. Une fois que leurs yeux se sont accoutumés à l'obscurité, les nouveaux arrivants comprennent qu'il règne dans cet endroit un silence au-delà de tout ce qui est concevable. Ils se rendent compte qu'ils ne sont pas seuls et ils en éprouvent de la joie ; mais à ce sentiment succède la crainte qui bientôt l'emporte : ils sont comme tous les autres, des ombres et rien d'autre. Dans la grotte personne ne peut plus toucher ni effleurer personne : tels des êtres de fumée, ils passent les uns à travers les autres, jusqu'à ce que près des parois une force d'origine indéterminée les arrête. A peine sont-ils entrés que la grotte a refermé sur eux sa porte ; mais elle est d'une profondeur sans fin ni limite. Et aussitôt cette évidence, qui s'impose : à l'intérieur personne ne connaît personne, au-delà d'un certain point nul n'arrive plus à distinguer les autres. S'agit-il d'attendre ? il attendra. Il ne s'agit pas d'une attente : c'est un état. Une fois que ses yeux se seront accoutumés aux ténèbres, il ne verra plus que les ténèbres. Les dernières bribes de sentiment et de pensée fondent rapidement. C'est ainsi que cela se passe dans la grotte des ombres.

LA DANSE

"Tentative de roman" : prière de ne pas se fier à ce complément de nom auquel s'est accroché cet homme de lettres qui publie des livres depuis des années en tant qu'Enis Batur. Pour avoir déjà parcouru toutes les régions à la frontière des deux genres littéraires que sont la poésie et l'essai, il sait pertinemment, n'ayez crainte, que jamais les traces de brûlures ne disparaîtront de sa main qu'il a mise au feu. Vous écrivez et vous ne voudriez pas être jugé ? – quelle drôle d'idée !

Si l'on pouvait réunir en un seul lieu tous les lecteurs d'un livre et leur permettre de donner leurs avis, opinions et commentaires sur cet ouvrage, la conséquence de la réalité, du châtiment de "Babel", éclaterait en pleine lumière, avec une grande netteté. J'ai écrit quelques livres, j'en ai lu des quantités – c'est ce que j'ai compris un beau jour.

Et ce que j'ai compris m'a libéré – les théories littéraires qui sont reçues ici et maintenant le montrent également et, du reste, demain, ici ou ailleurs, elles seront interprétées ainsi ou autrement : le mieux c'est donc de faire ce qui nous paraît le mieux.

Ainsi d'*Amer savoir* : il fut écrit, il fut présenté à un public. Peut-être se présentera-t-il plus tard à d'autres lecteurs ; peut-être aura-t-il des lecteurs qui ne sont pas encore en âge de lire, qui ne sont pas encore nés, qui ne sont pas encore là, *s'il continue à vivre* (il est des livres dont la vie ne s'arrête pas avec celle de leurs auteurs) ; aussi bien pourrait-il être traduit dans différentes langues et atteindre des lecteurs complètement différents, élevés dans des contextes et des cultures diamétralement autres – je parle en connaissance de cause.

Les lectures varient, certes, pour ce qui est de lire ; mais du point de vue de l'écriture, la réalité d'un livre est tout autre : une seule personne en détermine le contenu, le toit qui en porte le contenu, la construction, le moule, la forme. Cette vérité n'en est pas plus immuable pour autant : il suffit que le lecteur commence à exprimer ce qu'il a lu pour que tous les éléments en soient aussitôt modifiés. Le livre est comme une piste de danse : selon que l'un des partenaires sait ou non danser, s'il est ou n'est pas motivé, enthousiaste ou le contraire d'enthousiaste, la danse ne sera pas la même.

Le lecteur qui lit le livre, qu'il le fasse en silence ou à voix haute, en parlant ou en écrivant, s'adresse d'abord à l'auteur, et non pas au livre. Ce n'est pas au livre – Platon (ou Socrate dont il rapporte les propos) a bien raison : l'écrit reste muet, quoi qu'on lui demande –, c'est à l'auteur que chacun s'adresse : car à supposer qu'il soit ici (vivant), qu'il soit joignable (préférant ne pas rester aussi muet que son écrit), peut-être a-t-il sa façon de prêter l'oreille à ce qu'on lui dit. L'existence de "lettres ouvertes" adressées à des auteurs morts depuis longtemps prouve à elle seule que l'important n'est pas de savoir où ils se trouvent physiquement : l'auteur est seul responsable du livre, et sa responsabilité ne disparaît pas sous le prétexte qu'il serait mort. S'il est vivant, il entend – j'ai déjà dit à quel point j'aime ce verbe. Les différents avis, d'un lecteur, de quelques lecteurs, d'un grand nombre de lecteurs lui parviennent à leur manière. Du point de vue de l'auteur, il va de soi que ces lecteurs ne peuvent le comprendre ni se comprendre entre eux. Une fois qu'il l'a fait paraître au grand jour, son livre cesse d'être sa propriété exclusive. Cela explique que maints lecteurs ne peuvent s'empêcher d'inscrire leur nom dans les premières pages : cet exemplaire-là leur appartient désormais ; il est à eux, à tous égards.

Nul ne publie un livre, nul ne décide de publier un livre sans viser du même coup à l'arracher à sa condition d'exemplaire unique. Un livre non publié n'existe pas ; entre le moment où il est achevé et celui où il paraît, seule peut le lire la personne qui d'aventure l'aura sous la main.

C'est à mesure que le livre s'écrit qu'il se lit aussi par son auteur. Il y met le point final et, pourvu qu'il ne soit pas trop pressé, il le laisse reposer peu ou prou, avant de le relire d'un bout à l'autre. Sa lecture est celle d'un auteur : il ajoute, retranche, élague, lime, polit, escamote les jointures (à moins qu'il ne les souligne), efface, rature, transforme. Aussi l'achèvement du livre ne signe-t-il pas l'achèvement de son écriture : aussi longtemps que l'auteur (dans certains cas, l'éditeur) continue à le remanier, son corps continue, peut continuer à se modifier.

Arrive le jour où cet exemplaire unique est publié. Aussitôt naît la possibilité qu'il soit lu par au moins autant de lecteurs (le même exemplaire pouvant être utilisé par plusieurs) que d'exemplaires tirés. La réalité notoire, de plus en plus notoire : dès l'instant où, quittant son auteur, il se présente aux lecteurs, tout livre suit son destin : être chaque fois récrit.

L'auteur de ces lignes travaille à la rédaction des différents chapitres de ce livre sans cesser de lire ; et s'il lit, c'est un peu dans le but de se mettre à distance de ce qu'il écrit ; voici le livre qu'il lit, *La Mort d'Anton Webern*, de Gert Jonke. Et lisant ce récit, je me dis, bien campé dans mon statut de lecteur mais sans me défaire tout à fait de mon statut d'écrivain : "Si seulement il n'avait pas construit le récit de cette façon, s'il avait révélé l'identité du soldat américain et dissimulé celle de Webern..." Un auteur qui se transforme en lecteur reproduit ce que lui fait le lecteur : il s'ingère dans l'architecture, le style, la structure, la narratologie. Arrivé à la dernière page du livre, il constate qu'il l'a transformé à sa guise. Mais force lui est de constater aussi que ce livre qu'il a transformé est là, tout raide, entre les plats et le dos de sa couverture.

J'ai attendu trois mois après qu'*Amer savoir – une tentative de roman sur l'art de la fugue* – s'est présenté devant le public pour revenir au livre dont j'avais interrompu la rédaction et que j'avais laissé reposer au bord de la route pendant quelque temps, après avoir parcouru une certaine distance, je veux dire : à *ce* livre-ci.

Et toujours le même souci me travaillait, celui de construire un texte qui entremêle divers écrits : allant de conserve avec un homme réel et une œuvre d'art réelle allait se déverser, dans le lit d'un même cours d'eau, ce que je sais, ce que j'ai pu apprendre et ce que je n'ai pas pu savoir, que je ne pourrai jamais savoir, que peut-être personne ne pourrait jamais découvrir. Tels sont certains cours d'eau, que les mêmes affluents, les mêmes sources alimentent. Ainsi élargissent-ils leur lit ; et quand ils arrivent dans le delta et que leurs cellules s'atomisent les laissant tout démunis, ils vont se mêler à d'autres eaux encore plus vastes, encore plus mélangées.

Je le lis dans votre regard : vous ne vous souciez guère de tomber à tout bout de champ sur l'auteur dont vous êtes en train de lire le livre ; et à le voir allumer une lumière pour en éteindre une autre, vous vous dites qu'il ne devrait pas se promener à l'intérieur de son livre avec une telle désinvolture. Vous l'aviez laissé sur la couverture, à la rigueur en quatrième de couverture : s'il était là sans se mêler au texte qu'il a construit, c'eût été plus conforme aux règles de l'écriture.

Mais voilà, le regard d'un autre donne à lire tout le contraire : à la fois l'auteur et son ombre ; son visage et son image ; son sosie et son contraire. Et de son point de vue, il est plus conforme au principe de réciprocité inhérent au jeu qu'il aille s'agrégeant au fond de son écriture.

Je ne crois pas absurde de vous confronter l'un avec l'autre, tapi dans un coin pour vous écouter.

QUARANTE-SIX
SUR CINQUANTE-CINQ

Je souhaite revenir à la corrélation que Barthes établit entre la "passion de la recherche" et "l'envie de se déplacer". Carlo Ossola, qui a travaillé sur les ratures du cours d'introduction qui marque le début de l'aventure de Barthes au Collège de France, a étudié les paragraphes retranchés du texte. Barthes dit "un métier, celui d'enseigner, et une passion, celle de chercheur, c'est-à-dire se déplacer" et il ajoute "se porter là où l'on ne vous attend pas". Barthes n'envisage pas que la relation qui se tisse entre le locuteur et le destinataire puisse fonctionner différemment du jeu qu'invente cet enfant jouant au parc avec sa mère : il s'éloigne un moment puis revient lui apporter un petit caillou qu'il a trouvé – une phrase biffée, puis : "Je crois sincèrement qu'à l'origine de tout enseignement il faut accepter de placer un affect."

La relation affective se noue, en aval, avec ceux qui se retrouveront en face de lui, mais elle concerne aussi, en amont, ceux qui sont derrière lui : c'est d'abord vers ceux qui l'ont instruit et formé qu'il se déplace, et vers le sentiment de reconnaissance plus ou moins voilé, proche du noyau même du "sujet" qu'il a choisi. Partant d'un certain point, il a commencé par se déplacer dans cette direction, et à présent il en prend une autre, dans un mouvement qui, s'il n'est pas strictement le même, lui ressemble pourtant. Ainsi s'enferme-t-il dans un cercle, son cercle, dont le diamètre augmente et diminue tour à tour : à partir de là, il s'ouvre, s'efforce de s'ouvrir.

Le 4 février 2000, en entrant dans la classe où je fais cours depuis trois ans, j'ai vu des visages nouveaux au milieu de tant d'autres déjà familiers. Comme à chaque début de session, j'ai prié pour que ceux qui n'éprouvent pas un profond intérêt pour le sujet dont nous allions traiter ne restent pas parmi nous et qu'ils ne perturbent pas la concentration des autres.

Puis je sortis de ma serviette la reproduction à échelle réduite de l'œuvre sur laquelle nous allions passer trente-cinq heures d'affilée, je l'ai placée de manière que tous puissent la voir : "L'objet de notre cours sera pour cette session *L'Origine du monde*."

La pendule se mit en marche.

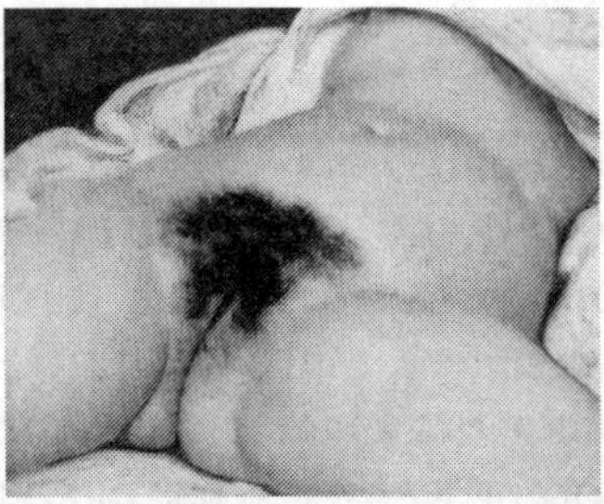

Première leçon : le cadre. Une peinture n'est rien d'autre que ce que nous y voyons.

Tout ce que nous pouvons y voir.

Ce que nous voyons dépend étroitement de notre acuité à voir ce que nous voyons.

Nous regardons le tableau avec attention.

En bas à gauche, la signature du peintre, lisible : c'est le seul "renseignement" que l'intérieur du tableau nous donne sur l'extérieur – il y est écrit Courbet.

Le nom-signature aurait pu être illisible, ou faux, ou inconnu : avant d'évoquer le contexte de l'œuvre (date et lieu de composition), cette chance, il (nous) faut la saisir dans un tête-à-tête avec l'œuvre, avant tout face-à-face avec les données qu'elle recèle.

Pendant que le tableau se tient encore nu (je fais un jeu de mots : intelligemment mené, le jeu de mots n'est pas nuisible comme le prétendent les intelligences pauvres : il ouvre ou entrouvre des fenêtres, et la lumière répond à son appel et vient à la rescousse) : qu'y voyons-nous ?

La section d'un corps féminin à moitié vêtu (voir le haut du tableau), le corps d'une jeune femme (cela aussi est *lisible*) – une femme étendue sur un lit (cela se voit).

C'est à bon droit que nous parlons d'une section : tête et pieds sont délibérément laissés en dehors du tableau, hors espace pictural.

Dans cet état, nul ne peut la reconnaître ; d'aucuns ont pensé qu'on ne tenait pas à ce qu'elle fût identifiée. Mais il suffit de se mettre à regarder pour que l'imagination hasarde ses propres hypothèses : ce n'est pas l'intérieur du tableau, l'espace que nous voyons, qui fait naître l'idée que le peintre ou que son "modèle" ait pu nourrir pareille préoccupation. Nous débordons rapidement du cadre.

Or, du moins à ce stade, il faut essayer de ne pas en sortir, de ne pas en déborder.

Que reste-t-il donc, que nous devrions voir sans le voir cependant ? Un tissu tiré jusque sur le triangle sombre en haut à gauche, sur les seins de la femme (voilage ou chemise de nuit ?), dont la couleur importe en terme de "valeurs plastiques" : ces zones de couleur répondent en harmonie à la trame de la couleur du teint.

Il nous reste à nous interroger sur le "sujet" de la peinture : nous aurons fait tous nos efforts pour l'éviter.

S'agit-il *ici* d'un "nu" ?

Chacun de nous a bien évidemment rencontré jusqu'à aujourd'hui d'innombrables "nus" ; pour autant, aucune production de l'histoire de la peinture ne nous met face à la particularité de ce tableau-ci, qui place en son centre non pas le corps nu, la nudité, mais ce qui est au-delà : le tableau qui est devant nous *a pour objet* l'organe sexuel féminin.

Est-ce vers cet endroit que nous devons nous déplacer, tout de suite ?

Mais d'abord, sortons du cadre.

Le 11 février, au moment de reprendre le cours, je constate que les étudiants curieux n'ont pas perdu leur temps : ils me parlent des documents sur Courbet auxquels ils ont pu accéder pendant la semaine, s'enquièrent d'autres ouvrages auxquels ils pourraient recourir.

Nous commençons aujourd'hui par la biographie du peintre, puisque sa signature fait qu'il est présent dans le tableau. Je signale des travaux sur Courbet – monographies, biographies –, j'évoque les liens entre réalisme et naturalisme, je resitue rapidement l'évolution de la peinture européenne et française du XIXe siècle. Je mentionne les répercussions qu'ont eues, dans le domaine de la littérature, les aléas de la transformation sociale qui s'amplifie entre 1848 et 1871 sur le plan de la pensée et de la politique.

Si une œuvre est d'abord lue dans le cadre de ses propres limites – et il faut qu'elle le soit –, il faut ensuite la mettre en relation avec les circonstances qui l'ont façonnée. Je conclus sur ce point non sans avoir d'abord signalé qu'il existe différentes "méthodes de lecture".

L'un des étudiants demande : "Je suppose que vous n'avez pas choisi ce tableau parce qu'il est le plus représentatif de l'œuvre de Courbet ?"

J'ai choisi ce tableau pour plusieurs raisons.

Primo, il s'agit d'une œuvre récemment *découverte* : quoique composée en 1866, elle n'a été présentée au public que cette toute dernière décennie – la plupart des choses à dire à son sujet n'ont pas encore été dites.

Secundo, quiconque regarde cette œuvre ou souhaite la voir se retrouve accablé sous le poids de questions et de problèmes lourds – nous pourrions prendre appui sur elle, en tentant de percer son mystère, pour nous percer nous-mêmes à jour.

Tertio, celui qui est censé être le commanditaire de ce tableau, en tout cas son premier détenteur, est un Turc – et, plus important encore, certains points obscurs de son histoire exercent sur moi une fascination insigne.

Ma réponse étonne aussi bien mon questionneur que ceux qui nous écoutent – et là j'arrête le cours, car la *Curiosité* est le serrurier qui tout ouvre. Celui qui parle, écrit ou fait, doit l'avoir présent à l'esprit. N'est-ce pas elle qui détermine notre instinct de nous déplacer ?

“Chers amis, dis-je, il n’est pas si facile que ça pour nous de nous approcher de Khalil Bey : nous sommes souvent réduits à découvrir notre propre histoire, notre propre culture par l’intermédiaire des brillants travaux réalisés par des étrangers, n’est-ce pas ?”

Moi, depuis que je me connais, je cherche. Quand mes amis m’ont demandé de donner des cours à l’université, j’ai d’abord dit non : “C’est que je ne sais rien, moi, que pourrais-je bien enseigner ?”

Ceux qui ne m’aiment pas (les grands esprits se rencontrent) penseront encore sans doute que je donne par vanité dans la fausse modestie, que cette attitude compassée ne sert qu’à dissimuler ma fatuité, qu’en réalité je crève de pédanterie – je le répéterai avec force et sans relâche : à mesure que j’apprenais, je me suis rendu compte que je ne faisais que reculer les limites de mon ignorance ; et j’ai acquis la conviction qu’il n’est qu’un moyen pour savoir, celui de se spécialiser dans un domaine restreint. Mais voilà, cela ne convenait pas à mon tempérament, à mes mœurs, à ma nature de haricot sauteur, à mon esprit piqué par l’insecte de la curiosité et à mon cerveau boîte à idées, et j'ai suivi mon inclination : j'ai appris à me délecter de mes errances – c'est là mon savoir véritable.

J'ai donc réfléchi et j'ai dit : "Voilà ce que je pourrais enseigner : comment on cherche, comment on se fourvoie – c'est un savoir utile, qui m'a permis de rester debout ; il pourrait encore servir à d'autres."

C'est ce jour-là que j'ai assemblé tranquillement, l'une après l'autre, toutes les pièces du "puzzle" Khalil Bey que j'avais trouvées :

Dix lignes extraites du *Registre ottoman*, tome II, page 309 ; un extrait de même longueur de l'*Encyclopédie turque* (p. 388), la source nationale la plus sérieuse, parmi des pages parfaitement bâclées, le portrait que Mithat Cemal Kuntay a esquissé dans son *Namık Kemal*. Vous pourrez aussi trouver des renseignements dans l'étude publiée par Zeynep Inankur, quoiqu'elle ne soit guère originale. Puis les auteurs étrangers – et je leur présente la bibliographie. A cette date, ni le livre de Haddad, ni les romans d'Orban ou de Rezvani ne sont encore publiés.

Ils examinent attentivement les photos de Khalil Bey que je fais circuler dans les rangs.

Il a désormais un visage, une histoire.

Ce sera tout pour le moment : notre sujet, ce n'est pas Khalil Bey, mais *L'Origine du monde*.

“Notre sujet ce n’est pas Khalil Bey mais *L’Origine du monde*” – certes, mais il ne suffit pas de le dire.

S’il n’y avait pas entre eux des liens concrets, incontournables, si nous n’étions pas *obligés* de sortir du cadre du tableau, d’élargir ainsi notre *lecture*, nous n’aurions pas emprunté les chemins que nous avons empruntés.

Khalil Bey et Courbet sont au commencement de l’histoire cachée du tableau depuis le jour de sa composition jusqu’au jour où il fut présenté au public.

Et le lien concret qui les unit ne connaîtra pas de fin : l’un des deux, soit l’un soit l’autre, a baptisé le tableau *L’Origine du monde*. A moins qu’ils ne soient, ensemble, tombés d’accord sur ce nom. Mais si quelqu’un d’autre, plus tard, l’avait ainsi baptisé… Les historiens ne se soucient guère de cette éventualité : on pense que Khalil Bey *savait* ce qu’il voulait et que Courbet *savait* ce qu’il faisait. Que tous deux, ils *savaient*.

Encore un problème dans le brouillard, une question : est-ce Khalil Bey qui a commandé le tableau en précisant son “sujet” ? Ou est-ce le peintre qui l’a imaginé, jaloux de l’*Olympia* de Manet ? Les historiens ont plutôt tendance à penser que c’est Khalil Bey qui l’a conçu.

On dit savoir, mais qu'est-ce à dire : que savons-nous ? que pouvons-nous savoir ? dans quelle mesure savons-nous ?

Et si la fiction est nonchalante, c'est de ce que l'imaginaire s'incorpore au réel.

D'où notre intérêt pour l'Histoire : elle vient nous rappeler les limites de ce que nous voudrions faire dans l'ordre, et les seuils que nous essayons de franchir pendant les cours, vous savez, nous serons peut-être contraints de faire demi-tour au bout de quelques pas.

Déterminer les "données". S'employer à tester leur "véracité" – interruption d'un des étudiants : "Vous êtes très attaché au verbe *confirmer*..." Avancer en faisant la part de la suspicion. Voir les trous. Chercher à les combler par des "plombages" sensés, sinon les laisser tels quels.

Les contraintes de la fiction sont tout autres, et rien n'oblige à tenir compte des données : il suffit que le texte que l'on veut bâtir tienne debout, en parfaite cohérence avec sa propre réalité. Ou mieux vaut encore, à mes yeux, sur la base d'une couche de fiction inspirée du réel, remplir les trous par des données inventées en conformité avec les principes du réalisme et de la vraisemblance.

Il faut avoir bien présent à l'esprit que ce passage des données authentiques à la fiction fait naître, et même souvent, des soucis éthiques.

Avons-nous le droit de faire ce que nous faisons là ?

Quand *L'Origine du monde* parut en pleine lumière, on s'efforça de lui trouver une place qui fût sa place idéale – question inéluctable : quand une œuvre est portée sur la place publique avec autant de retard, les historiens de l'art sont obligés de reconsidérer les choses :

On prendra d'abord soin de classer l'œuvre dans le catalogue de Courbet. Le regard que nous portons sur l'aventure du peintre s'en trouvera-t-il modifié ?

Nous ferons ensuite un grand saut dans le temps – de 1995 à 1866 – pour vérifier si, du point de vue de l'évolution de l'art pictural, il y a ou non glissement : *L'Origine du monde* peut-elle être considérée si peu que ce soit comme une charnière dans l'histoire de l'art pictural ?

C'est parce qu'elles étaient brûlantes que ces questions ont tant fait couler d'encre.

Rares sont les œuvres d'art qui ont vraiment bouleversé les choses. On a beau dire : *L'Origine du monde* est de celles-là. Avant d'évoquer quelles en furent les conséquences, nous devons nous poser une question qui restera à jamais sans réponse, une question en chaîne : qu'est-ce qui aurait changé, si elle avait été exposée, présentée au public au moment de sa composition, en 1866 ?

Pourquoi a-t-il fallu qu'elle soit dissimulée pendant plus d'un siècle ?

Nous voilà revenus bon gré mal gré à l'époque où le tableau a été composé. A la demande de Khalil Bey ou sur proposition de Courbet, qu'importe, *L'Origine du monde* est créée – d'une manière ou d'une autre. Nous savons, d'après les documents, que Khalil Bey l'accrocha dans sa salle de bains, la couvrit d'un rideau vert, la montra à quelques rares personnes. A leur réaction on se rend compte que même les gens dont on se fût attendu qu'ils fussent le plus "blanchis sous le harnais" ont agi "de but en blanc" : comment la société de 1866 aurait-elle voulu *voir* ou *regarder L'Origine du monde* ? Ni le peintre ni le collectionneur n'ont même pensé à une telle confrontation ; quelles en auraient été les conséquences ? Je ne sais... Si, sans même montrer *L'Origine du monde*, l'*Olympia* de Manet a provoqué de graves secousses sociales et déclenché des sentiments de révolte, il faut l'imputer, selon Bernard Teyssèdre, au regard de la femme. Un choc : vous vous arrêtiez devant elle, elle vous regardait droit dans les yeux. Or trois cents ans auparavant Titien avait peint pour ainsi dire le même nu et placé le même regard dans les yeux de la femme. Mais voilà, c'était une "Vénus" ;

cela ne dérangeait ni les hommes ni les femmes aussi longtemps que cela mettait en jeu les paramètres d'une autre vie.

Dans *L'Origine du monde* le point de mire était tout autre. Comment des gens que révoltait déjà le simple regard effronté d'une femme auraient-ils pu s'attendre à s'exposer au regard d'un vagin et y consentir ?

L'Origine du monde fut assurément une "première" dans l'art occidental, mais au-delà, autant que je puisse en juger, dans l'histoire de l'art mondial également : sans représenter aucune activité érotique, le sujet tenait par sa seule ontologie ; sa métaphysique débordait de la réalité biologique ou anatomique, et son caractère social, en définitive sa *politique*, transgressait complètement les limites de l'admissible.

C'est chez Khalil Bey que le tableau avait été vu pour la première fois. On retrouve sa trace en 1878 chez de la Narde, marchand d'art. Son deuxième propriétaire célèbre, le baron Havatny, le dissimula également pendant des années sous un deuxième tableau qu'on faisait coulisser pour le masquer : ce fut peut-être la raison d'être du *Château de Blonay*, qui avait exactement les mêmes dimensions et dont on pense que Courbet l'acheva en 1877.

Jacques Lacan à qui Sylvia Bataille avait offert le tableau en 1955 l'aura-t-il accroché tel quel sur son mur ? Il ne le fit pas, ni dans sa maison de Paris ni, à des kilomètres de là, dans sa maison de campagne, et à son tour il demanda à son beau-frère André Masson un panneau coulissant : c'est à cette demande que nous devons la première *variante* de *L'Origine du monde.*

Environ un siècle après sa composition, personne n'envisageait de se retrouver entre quat'-z'yeux avec *L'Origine du monde.*

Or entre-temps de l'eau avait coulé sous les ponts.

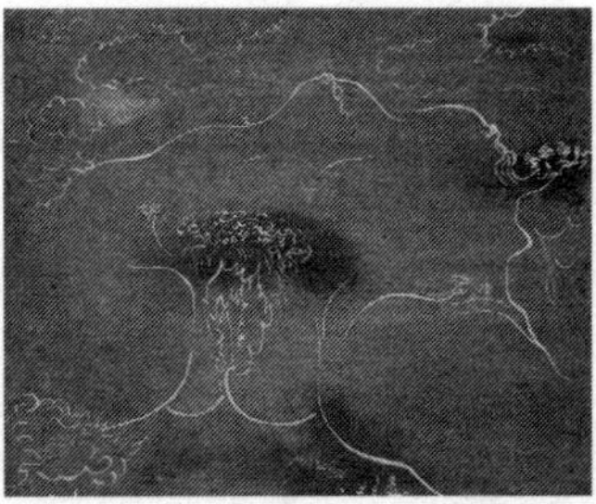

Aucune source n'en fait état – admettons que je ne sois pas tombé dessus ; mais dès que j'ai eu rencontré *L'Origine du monde*, j'ai aussitôt pensé à Georges Bataille : *Histoire de l'œil*. Je m'étais très longuement bagarré avec ce texte exceptionnel dans la première moitié des années 1970. Je trouve pour le moins surprenant que l'auteur des *Larmes d'Eros* et de *L'Erotisme* n'ait pas croisé le tableau de Courbet. Non pas au moment où il écrivait *Histoire de l'œil*, certes, mais par la suite, il aurait dû, d'une manière ou d'une autre, être au courant de l'existence de *L'Origine du monde*. Il est aussi possible qu'il en ait entendu parler mais qu'il ne l'ait jamais vu.

Sur la courbe dont j'imagine qu'elle unit étroitement Khalil Bey, Courbet et Bataille, c'est l'*œil* qui assume le rôle principal. Un œil qui n'est pas dans son propre trou, dans son orbite naturelle : il regarde depuis le trou de la matrice.

De qui est-ce l'œil ? Celui de la mère et de la naissance, de la Femme et de la Volupté, ou de la Mort ?

L'un après l'autre, je passe mentalement en revue les yeux malades de Khalil Bey, tous ces trous, omniprésents, de l'œuvre de Courbet (puits, grotte, tombe), la narration de Bataille : sous la caresse de l'autre regard (le regard de l'Autre) – je frissonne.

L'une des deux particularités de *L'Origine du monde* qui permettent de la *distinguer* dans l'"histoire du nu dans la peinture", dans la tradition incontestable de la "nudité", c'est la *section* qu'il met en scène.

Devant nous, une femme, avec cette caractéristique qui attire l'attention de chacun : son corps est mis entre parenthèses.

Parenthèse : épochê.

L'Origine du monde est le premier nu phénoménologique.

Nous ne pouvons voir le visage de la femme du tableau – certes, nous ne voyons pas davantage ses épaules, ses bras et ses pieds, mais ce qui est vraiment déterminant, c'est que nous soyons frustrés du "visage".

La première idée qui vient à l'esprit, c'est que le modèle a été préservé. Il paraît naturel que le peintre ait caché l'identité du modèle à toute fin utile.

Le modèle était-il Jo, la maîtresse de Whistler ?

La femme rousse apparaît aussi dans d'autres tableaux de Courbet. Ici, il se peut qu'il ait craint les réactions, notamment celle de son intime Whistler. Sans doute pouvons-nous avancer quantité d'arguments à qualifier de *terrestres*.

Elevons-nous plutôt à un niveau spirituel : au point où nous en sommes... Ce n'est pas une femme qui a réuni sur ce projet Khalil Bey et Courbet : si *L'Origine du monde* avait été posée au centre d'un corps entier, par exemple celui de Jo, peut-être serait-on entré, comme d'aucuns le prétendent, dans le domaine de la pornographie. La contradiction n'est qu'apparente : dans ce cas, en dépit du tollé qu'il n'aurait pas manqué de déclencher, le tableau aurait parfaitement pu être exposé : dès 1866. Une femme dont le vagin se donnait très nettement à voir, disons Jo, aurait au pire provoqué deux fois plus de tapage qu'une *Olympia* qui de fait s'exhibait deux fois moins.

Le caractère fondamentalement scandaleux de *L'Origine du monde* provient du fait qu'elle n'appartient à personne.

Cet endroit est à tous – à chacun de nous.

C'est l'endroit où commence le monde, notre monde, notre vie. Nous venons de là. Le grand combat se poursuit le temps de l'atteindre.

L'absence du visage accroît l'anxiété. Il nous mène à la question qu'une artiste, Tracy Emin, posera dans les années 1980 : “Si un vagin pouvait parler, qu'aurait-il dit ?”

S'il avait eu un visage, nous aurions pu tant bien que mal lui rendre son identité, l'individualiser en l'assimilant à celle à qui il aurait appartenu.

Nous aurions reconnu sa propriétaire, nous l'aurions identifiée.

S'il avait un visage, c'est de là qu'il nous regarderait.

Mais il nous regarde d'ici.

Je choisis de consacrer mon cours du 18 février à la pulsion fondamentale qui se dissimule derrière le tableau, non sans avoir d'abord pris grand soin de fatiguer mes étudiants avec la notion d'"interprétation". Désigne-t-elle le droit que chacun a d'échafauder des rêves à partir de certaines con-naissances ? La proposition *c'est mon interprétation à moi* ouvre à qui la prononce un champ d'objectivité, si bien que la contre-proposition d'un éventuel interlocuteur *je ne partage pas cette interprétation* conduit à stipuler une égalité, une équivalence.

J'aborde alors la question de l'excès dans ce domaine (surinterprétation), ce qui revient dans un sens à avertir mon public. Cemal Süreya fut le premier à savoir lire en moi, déjà dans les années 1970 : à peine avait-il dit "Voilà un authentique homme de lettres, à l'instar d'Ataç" que déjà il ajoutait : "Si seulement il n'accordait pas à ce point la primauté à ses interprétations personnelles."

Sa remarque était pertinente : tous mes écrits ont toujours leur part de surinterprétation – je ne peux m'empêcher de farfouiller, de pousser jusqu'aux frontières. Quant à savoir pourquoi on tient à ses interprétations personnelles, pourquoi on y donne créance : je pense non pas : sinon, bon, mais si non, non. Il n'y a rien de difficile à accueillir les interprétations d'autrui pour pondérer la sienne, à condition de l'avoir d'abord vraiment faite sienne, de l'avoir regardée se développer, de l'avoir acculée dans ses derniers retranchements – sans oublier de mettre en sourdine la proposition "l'excessif est authentique".

Ce jour-là je me penche sur *L'Atelier* de Courbet. L'un des nombreux tableaux d'atelier, de travail. Pourquoi un peintre choisit-il de représenter l'espace où il réalise son œuvre ?

L'atelier est une caverne, une tanière, une grotte. Une zone matricielle, en somme. D'où ma question : ne faut-il pas considérer *L'Atelier* comme une des esquisses de *L'Origine du monde* ? Cet espace n'est-il pas une variante du vagin ?

Dans ce tableau Courbet réunit des éléments qui dans la réalité n'auraient jamais pu se trouver ensemble dans son atelier : les gens, les objets, les symboles qu'il a choisis – son univers.

Un accès de nostalgie l'envahissait-il chaque fois qu'il quittait son atelier ? Peut-on comparer ce sentiment à la nostalgie chronique qui hantait Khalil Bey ?

Et si les deux hommes cherchèrent un milieu matriciel pour contrebalancer leur pulsion de va-et-vient, née à Ornans et au Caire, qui les oppressait également sous ses deux formes, d'exil intérieur et d'exil extérieur, c'est que toute leur vie durant ils eurent le cœur assiégé des mots de (sans-) foyer et (sans-) patrie.

Telle est la Langue, matrice de l'écrivain.

Il s'est retiré dans son atelier, en face de lui Jo ; il ne lèvera le voile qu'au moment d'entrer dans le grand blanc de la toile.

Peu importe que la peinture à réaliser porte ou non un titre, qu'elle s'appelle *L'Origine du monde* : un pas avec elle est franchi, qu'on ne peut sous-estimer. Au fil des siècles passés à tourner autour du "sujet", à le frôler, jamais aucun peintre n'avait tenté de se confronter, de nous confronter avec lui. Le titre du tableau où se rencontrent clairement la dénotation et la connotation est un autre élément de la modernité de l'œuvre : c'est qu'une chose est de montrer, et une chose de dire, et dire de cette façon. Imaginons un autre titre, par exemple "Sans vergogne" : c'est un champ sémantique plus étroit, léger, moins profond qui s'ouvre devant nous. Mais avec ce signe, nous voilà lancés, vent en poupe, vers tous les temps, vers l'histoire de la conceptualisation et de la sémiotique.

A *quoi* sommes-nous donc ici confrontés ? Au centre du tableau, un organe qui, avant 1866, n'avait jamais été montré à angle droit.

D'Orient en Occident, l'histoire de l'art n'est pas en reste de "scènes" réalistes ; on trouve, éparpillées à travers les siècles, les estampes japonaises, les miniatures indiennes, les gravures qui accompagnent l'œuvre de Sade, autant d'exemples qu'on peut citer sans hésiter. Mais voilà, et je le répète obstinément, *pour moi* le tableau de Courbet ne relève pas de la tradition érotique ; il ne donne pas à voir ce corps idéalisé que représentent de très nombreuses statues et peintures de la Grèce antique et de l'après-Quattrocento. Non, ce n'est pas à un corps que nous sommes là confrontés ; c'est, au mieux, un endroit.

A en juger par ce qu'il "représente", le tableau de Courbet fait réellement passer la position métaphysique avant la position physique : voilà qu'on vient buter contre l'un des ultimes commentaires que l'on peut extraire de l'œuvre de Hegel, ou alors devrais-je signaler le point de vue inverse, celui de Schopenhauer ? Nous voulons aller là, car nous venons de là. Là : la grotte sombre. Le trou noir.

Au commencement étaient les ténèbres.

La situation préfigure, sur un autre plan, la triple question qui sera celle de Gauguin en 1897 : Qui sommes-nous ? D'où venons-nous ? Où allons-nous ?

Irons-nous ?

Pouvons-nous aller ?

Tout le mystère attend dans *L'Origine du monde*.

Œil – cran de mire – guidon.

Par *L'Origine du monde* l'invisible devient visible, et l'imprésentable présentable.

Aussi toute visibilité lui fut-elle refusée, entre 1868 et sa première exposition en 1988, par application du commandement de Moïse : tu ne représenteras pas !

Ainsi ne fut-elle pas présentée ; nul ne la vit qu'une poignée d'individus ; elle ne put être présentée. A personne.

Sur *L'Origine du monde* Khalil Bey jeta un rideau vert. Je m'interroge – comment ne m'interrogerais-je pas ? : le tapis vert des tables de jeu a-t-il pesé sur son choix de la couleur verte ?

Dix ans plus tard il a fallu concevoir un système complet, avec un tableau sur panneau coulissant ; et pendant plus d'un demi-siècle, *Le Château de Blonay* de Courbet susmentionné dut en cacher un autre. Mon scénario (que je ne construis sur aucun argument sérieux) veut que ce soit le peintre qui ait trouvé la solution et l'ait mise en application. Sinon, pourquoi un tableau, et ce tableau, cacherait-il le tableau ? Etait-il obligatoire de mettre *L'Origine du monde* en hibernation ?

A quoi bon s'attarder sur les quelques notions fondamentales de la psychanalyse, *Verneinung* ou "transfert", qui expliquent que Jacques Lacan ait eu recours au même système de panneau coulissant pour constituer le troisième cache ? Reste que le tableau d'André Masson (1955) présente un attrait singulier…

Nous avons devant nous une abstraction parfaitement claire de *L'Origine du monde*. Rien de moins que le "négatif" du "positif" caché sous le panneau : une scène non développée.

Est-ce à dire que nous tenons la preuve que le tableau de Courbet pourrait aussi bien être lu comme une *nature morte* ?

Lors de notre cours du 3 mars, je rappelle que nous avons déjà étudié les opérations de *dissimulation*, il y a deux ans dans le cadre de l'"holocauste", puis dans celui de l'"iconoclasme" l'année dernière.

Que, pendant la Shoah, la "solution finale" a conçu des méthodes à même d'effacer toutes traces ; que les icônes avaient été couvertes, pourquoi et comment – de quoi rafraîchir les mémoires…

Voici que soudain mes étudiants se rendent compte que *L'Origine du monde* est une icône – et rien d'autre (j'ajoute que dans "icône" il y a "con", or il faut toujours prêter attention aux connotations).

C'est une image qui met en lumière : elle *fait connaître.*

Mais avons-nous le droit de connaître, de faire connaître ? – voilà le hic.

S'il ne s'agissait pas d'une image qu'on n'a pas fait connaître, qu'on a mise sous le boisseau, il ne serait question ni de la créer ni de la couvrir au centre d'un cadre de 46 x 55 cm.

Une solution serait de partir d'un pied résolu pour un voyage long et tortueux parmi les pages de l'histoire du voile.

Ce chemin, bon gré mal gré, nous ouvrira aussi celui de la contre-histoire : l'aventure de la suppression, de la chute du voile.

Les uns couvrent, les autres dévoilent.

On pourrait donc affirmer que tout se déroule et se passe entre ces deux verbes.

Ce pourrait être un phallus – dans un sens ; mais c'est aussi un cigare, ne l'oublions pas. Telle la fameuse anecdote de Londres. Bien loin de pousser jusqu'à disqualifier toute lecture sexuelle ou érotique de *L'Origine du monde*, je consacre deux semaines de cours à envisager cette dimension essentielle de l'œuvre avec mes étudiants et à l'évaluer à la lumière des écrits de Freud et de Bataille, en partant de *Trois essais sur la théorie de la sexualité* et *L'Erotisme* : d'évidence psychanalyse et anthropologie culturelle nous aideront directement à approfondir notre sujet. Mais voilà : c'est moins à une "source de plaisir" qu'à une "source de douleur" que nous arrivons. Car tout en nous efforçant d'évaluer la position respective de chacun (Khalil Bey, Courbet, Lacan, spectateurs) sur la liste des perversions, nous avons fait le pari d'un choix de perspective fondamental. Au lieu de dire "si le vagin de la femme, d'une femme (disons, de Jo) pouvait parler", nous disons : "Si la *source* ou le *trou* (après avoir visionné le documentaire de Frangier, une étudiante parle d'un «trou sanglant») pouvait parler…"

A peine ai-je commencé à arpenter l'espace défini par le rectangle Amour-Sexualité-Erotisme-Pornographie que je vois des étudiants incapables pour la plupart d'entre eux de distinguer entre les quatre. Je m'efforce de les faire parler, de décrypter leur confusion. Mais dès qu'ils se sentent assez armés de courage pour se lancer, les voilà qui se noient dans le sujet. Je ne tiens pas à gêner les étudiantes en leur demandant le pourquoi de leur silence. S'ils ne veulent (peuvent) pas s'exprimer lors d'un cours, un cours dispensé les sourcils quasi froncés, à quel stade de leur vie briseront-ils donc ce silence ? Quand il sera trop tard ?

C'est aussi qu'au pénis bavard je préfère le vagin muet. Si le pouvoir de celui-ci progressait, disons, de la longueur d'une tête de cheval, pour peu qu'il puisse parler, il pourrait se faire que nous nous retrouvions bientôt en plein désert. Sans doute n'est-il pas non plus utile de trouver de la sagesse dans le silence, de même qu'il n'est pas utile de forcer à parler quiconque se tait – Lacan a probablement raison : “Une femme, ça ne parle pas.”

Je leur fais pourtant prendre les chemins du désir, du plaisir, de la volupté, de l'interdit, de la descendance, pour approcher de *L'Origine du monde*. A considérer son potentiel érotique à mi-chemin entre innocence et culpabilité, la coupe ontologique ne laisse pas de l'emporter. Quand sont réunis l'extase, le transport mystique, la violence, la pulsion de mort, à cet instant où la chair et le sentiment se vident, nous aboutissons à la notion de *terme*.

L'*endroit* où nous commençons, où nous finirons – encore une fois.

Quant à Khalil Bey, Courbet et leurs contemporains, ils ne savaient rien de ces notions, faute d'avoir sous la main les textes de Freud, de Bataille, de Lacan ou des autres – et pourtant l'époque qui fut la leur s'approchait à grands pas de l'âge où la connaissance, connaissance de soi et connaissance en général, serait toute différente. Ces hommes furent en quête d'une langue à même de toiser le vaste champ que les interdits délimitaient : ils se sont démenés, agités, et c'est à peine s'ils ont réussi à avancer difficilement de quelques pas avant de succomber. Ah ! que leurs douleurs étaient différentes des nôtres, ah ! qu'elles leur sont semblables ! Si seulement on avait pu créer un tunnel du temps – mais non.

A défaut de les pouvoir réunir, je me suis rendu là-bas, aussi souvent que possible. Proudhon, Baudelaire, Courbet, Khalil Chérif Pacha, Şinasi, Seker, Namık Kemal, Jeanne de Tourbey, Julie, Nazlı, Jo, Whistler, Mallarmé… Il suffit de se mêler à eux pour qu'aussitôt la liste s'allonge. Mais en dépit de ce qu'il subsiste de livres, d'images, de photographies, de lettres, un épais brouillard recouvre tout. D'abord tout est environné de silence. Leur verbe, leurs pensées sont bloqués. Leurs grottes sont différentes des nôtres.

La tarentule du Temps, implacable, insatiable, a tissé ce réseau de relations humaines.

On pourrait l'amplifier tant et plus. Du centre sourd la sécrétion gluante qui agglomère les hommes depuis quelques milliers d'années. Au centre les quelques manuscrits qui sont cause que tout s'est ainsi organisé : ils attendent. Au centre gisent leurs instants vénéneux. Car le centre explique ce qu'il faut expliquer, il sait ce qu'il faut savoir.

Nous appelons gnostiques ceux qui savent tout : derrière eux une banque de réponses – la gnose.

Pour toute question que d'aventure on leur pose, ils peuvent se référer au Livre et donner la réponse. Chaque question a sa réponse inscrite quelque part. De tout temps. C'est une assurance vie illimitée, dont les bienfaits se sont montrés dès avant les religions monothéistes : vous preniez votre question, vous vous pointiez chez l'oracle de Delphes. Sa parole avalait la vôtre et vous communiquait la réponse : l'oracle qui savait tout défaisait le nœud qui était en vous.

Il se passa qu'ensuite l'écrit supplanta le verbe. Cela se passa bien après que l'oracle a eu cessé de bâtir ses phrases en vers pour les donner en prose (aussi la prose redoute-t-elle la poésie, qu'elle revienne un jour pour la détruire).

Quand l'écriture fut créée, Platon qui écrivait par la bouche de Socrate se rendit compte que son maître se trompait : nul texte ne demeurait muet quand on l'interrogeait ; tout texte au contraire donnait une réponse à la moindre question dans n'importe quelle situation. Il n'y avait rien que l'Ecrit ne sût – y compris sur lui-même. Le jour vint où il se rendit compte qu'il était le Monde, la Vie, l'Univers. Aussi Platon, convaincu de ce que ses écrits possédaient l'infinitude de ce qui peut être connu, se détourna-t-il du chemin de Socrate pour s'attacher à l'écriture.

C'est à Thomas Huxley que nous devons la notion d'agnostique : irrité par l'attitude des théologiens, qui savaient tout et qui pouvaient répondre à toute question qu'on leur adressait – il leur suffisait d'avoir consulté le Livre –, il décida de se séparer d'eux.

Penser qu'on ne sait pas, qu'on ne peut pas savoir, ce n'est pas se résigner à ne jamais savoir.

En ce moment précis, je ne sais pas ; on ne sait pas encore.

J'ai beau ne pas savoir, rien ne me prouve qu'il n'existe pas ailleurs quelqu'un qui sait, ou qui est sur le point de savoir.

Il ne faut pas non plus transformer l'évidence en fatalité : nous ne savons pas, certes, mais demain, un jour, il se peut que ce que nous ignorons maintenant soit connu. Un regard sur le passé corrobore cette conception, cette créance : ils ne pouvaient pas savoir, nous savons.

Cette approche exaspère les gnostiques : pour eux, l'Omniscient est maître et possesseur de tout ce qu'on peut savoir, qui mérite de l'être ; c'est lui qui nous en dispense ce que nous devons en savoir, c'est lui qui a tracé la limite de ce que nous pouvons connaître – *dès le commencement*.

En 1866, il est hors de question que quiconque essaie de voir, de faire voir, de connaître, de faire connaître *L'Origine du monde*.

L'endroit où commencent le monde, la vie, l'univers ? Il est *connu*... Il faut vraiment ne plus savoir où regarder pour verser dans une telle ineptie !

La création est écrite : le chapitre intitulé la Genèse dans l'Ancien Testament se tient à mi-chemin entre les variantes qui le précèdent et celles qui lui succèdent.

Jusqu'à preuve du contraire, nul ne peut infirmer ce savoir ni lui *substituer* une autre explication. Il est le savoir irremplaçable, qui contient le plus et le moins. A vous d'apprendre à le lire, à le lire *juste*.

Depuis plus de deux mille ans les gnostiques s'emploient à renouveler le guide du lire juste à l'usage des jeunes générations : ils ont multiplié les études philologiques à partir des versions hébraïque, araméenne, grecque, ils ont rédigé moult commentaires en y introduisant au besoin les méthodes de l'analyse moderne (telles que la sémanalyse, l'exégèse herméneutique), le tout dûment assorti de l'imprimatur de l'Autorité – l'un des exemples les plus récents est *Le Jardin d'Eden* de Daniel Louys, sous-titré "Le mythe fondateur de l'Occident", où l'auteur se livre à une nouvelle lecture approfondie de la Genèse qu'il rapproche des questions d'actualité.

A lire en même temps que son antidote : l'étude époustouflante de Roger Shattuck intitulée *Le Fruit défendu de la connaissance : de Prométhée à la pornographie* (1996), un ouvrage d'autant plus incontournable qu'il recense toutes les thèses et opinions diverses déjà formulées à ce sujet.

Du tapis vert aux quelques centimètres de vitre qui protègent la toile en passant par *Le Château de Blonay* et André Masson : depuis qu'elle a été créée, *L'Origine du monde* est couverte.

D'un autre côté cependant, la toile est (laissée) à découvert : le peintre a dérobé à notre regard à la fois les extrémités et la tête. *Qui* est cette femme ? Nous ne pouvons le savoir. Est-ce Jo, Jeanne, une femme imaginaire, la Femme, ou Eve ? – une question chasse l'autre.

C'est pourquoi le visage se déplace ; c'est d'ici qu'il nous regarde, de là-bas.

Il nous fait un sourire vertical, et au-dessus, sur la même ligne, un petit point, que nous voyons : le nombril. Posé à l'arrière-plan, dépossédé de son statut de *centre*, il est dessaisi de son identité envoûtante.

Les sources indiquent que dans le monde polythéiste les dieux, tout aussi curieux de savoir ce qu'ils ignorent, explorent la terre et le ciel, leur propre milieu et leurs limites, afin d'apprendre. Zeus était persuadé que la Terre était un disque plat : soucieux d'en déterminer le centre, et le *centre exact*, il lâcha deux aigles aux extrémités de la Terre avec ordre de voler à égale vitesse depuis ces limites extrêmes l'un vers l'autre. Leur point de rencontre fut, à Delphes, une pierre, en contrebas du mont Parnasse.

La pierre est le centre du monde, elle est ce point central entre l'endroit où le monde commence et celui où il s'achève. Comme les deux aigles qui s'en rendirent compte n'en repartirent point, il est même très probable que ce point soit le centre absolu. Ombilic, trou ombilical, point ombilical ; pierre-ombilic : omphalos.

L'omphalos se trouve actuellement au musée de Delphes. Il présente une fissure : c'est par là qu'on atteignait, paraît-il, le centre de la Terre.

Dans sa vaste compilation sur le "trou ombilical", Bonniot de Ruisselet passe en revue l'ensemble des textes consacrés à ce point qui fut de tout temps considéré comme le centre du corps : depuis Vitruve insistant pour que les proportions architecturales des temples soient définies selon le point ombilical jusqu'au cinéma américain qui, dans les années 1930, en interdit la vue, d'innombrables exemples se déploient sous les yeux du lecteur. Il en résulte que la fonction la plus importante du cordon ombilical consiste en ce qu'il est le pont qui rattache le fœtus à la vie – c'est par une rupture que commencent l'autonomie, l'esseulement du corps. L'auteur rend compte de la césarienne : une fente d'omphalos artificiellement ouverte au-dessous du nombril.

Quelques centimètres plus loin, les côtes.

J'étudie attentivement les récits de Création – toutes les variables se trouvent réunies dans une étude collective de 1959, sous le titre *La*

Naissance du monde : les textes fondateurs des civilisations antiques de la Mésopotamie et de l'Egypte font naître les premiers hommes de l'expectoration du Créateur, ou de son éjaculation. Dans les papyrus de Brenner Rhind (IVe siècle avant J.-C.), le créateur d'Héliopolis déclare que, sa main obéissant à son désir, les deux premiers hommes naquirent de la semence qui jaillit de sa bouche. Les Turcs de l'Altaï donnent un récit de Création plutôt inhabituel : les eaux qui s'accumulent dans les profondeurs d'une grotte en Asie déversent dans deux trous de "forme humaine" la terre argileuse qu'elles entraînent ; la terre la mieux cuite par la chaleur du soleil donne naissance au premier homme, la moins cuite à la première femme – je tiens cela de Jean-Paul Roux.

Jusqu'à l'avènement des religions monothéistes, on trouve de nombreuses versions de l'histoire de la Création, qui sont progressivement reléguées dans un coin par la version que la Bible accrédite : elle en vient à occuper le premier plan, avec ses traits principaux invariables et son fonds immuable, quoique le passage dans d'autres langues entraîne des modifications au niveau de certains aspects secondaires.

Le récit de la Genèse dans l'Ancien Testament ne justifie nullement la création d'un homme et d'une femme : il est dépourvu de toute hypothèse susceptible de rendre compte de la nécessité que l'"aide" soit de sexe féminin (dans les sources d'Egypte et de Mésopotamie, les premiers êtres vivants sont hermaphrodites) ; il n'est pas encore question de fécondité, car du moment que la Mort n'existe pas l'idée de se multiplier pour perpétuer la race n'a aucun sens.

Dans la Genèse, cette parole apparaît pour la première fois : "Tu pourras manger de tout arbre du jardin, mais tu ne mangeras pas de l'arbre du bien et du mal car, du jour où tu en mangeras, tu devras mourir."

C'est là, en somme, la première menace que Dieu adresse à ses créatures – sans doute la plus lourde. L'homme, dans son désespoir, n'a manifestement eu d'autre solution que de concevoir un créateur qui se sente obligé de mettre l'Homme à l'épreuve. L'idée d'un Dieu qui mette à l'épreuve, menace, puis punisse. En définitive la réalité de la mort ne lui fait rien perdre de son pouvoir : si la promesse de la Vie après la mort ne pesait pas dans la balance, l'humanité serait assurément agnostique.

Encore une chose : sans cette créance, et la discipline à laquelle elle réduit, il est fatal que les groupes humains, presque incontrôlables, seraient piqués par l'aiguillon d'un désir qu'ils ne pourraient ni ne voudraient réfréner : le plus paisible des vivants ne se précipiterait-il pas pour embrasser un mode de vie qui choquerait Satan lui-même ?

Ce n'est pas pour les dénigrer en les jugeant à l'aune des données contemporaines et de notre mode de raisonnement actuel qu'il faut détruire les récits de Création, la Genèse et tous les écrits qu'ils contiennent : le meilleur moyen de les appréhender sera d'y progresser pas à pas, le lire pour décrypter à sa juste valeur leur réseau sémantique.

Il ne faut pas vous en remettre aux autres : la lecture "de l'intérieur", disons celle de Daniel Louys, la lecture "de l'extérieur", par exemple, celle d'E. B. – ni l'une ni l'autre ne saura remplacer la vôtre. En revanche, si vous venez à vous braquer contre l'une des deux lectures, ou d'une autre encore, votre opposition ou votre approbation ne signifieront pas grand-chose tant que vous n'aurez pas fait votre propre lecture.

Devant nous, un petit texte bref. En deux mille ans, il n'a guère perdu de son pouvoir.

Khalil Bey, Courbet, *L'Origine du monde*, autant de prétextes – moi j'écris ce livre pour raconter cette histoire à mon tour.

Quand je me retourne et que je regarde en arrière, je vois que toute l'histoire de la peinture en Occident et en Orient s'est développée autour de quelques interdits étroitement corrélés, et je lis. La foi nous fournit en quelques phrases solennelles l'essentiel de ce que nous ne devons ni voir ni faire voir. Borges a raison : l'histoire iconographique et sémiologique de l'Occident se confond avec l'histoire de la métaphore.

En somme, *L'Origine du monde* recèle les variantes (qui ne se contredisent guère entre elles) des raisons (suscitant mille et un commentaires, difficiles à cerner, inhérentes à tout récit de Création se composant de quelques pages à tout casser) qui servent à expliquer la *présence* du cosmos et de la terre, de la Vie et de l'Homme.

Première phrase des Ecritures saintes : au "commencement" était le Verbe. Un tel commencement précède l'Homme : en attendant qu'il arrive, il fallait préparer sa *place*. De l'ombre enveloppe les récits de Genèse : *était*-il possible que l'Homme *ne fût point* ? Pourquoi avoir créé un seul homme, et pas davantage, un homme seul ?

Pourquoi un paradis ? (Cela signifiait-il que de toute façon il y aurait aussi un enfer ?) Pourquoi était-ce un homme qui avait été créé ? Une espèce vivante n'ayant pas besoin d'un partenaire féminin, une espèce capable de se reproduire à elle seule, n'aurait-elle pas posé moins de problèmes ? A cette question, ou à d'autres de la même farine, il fut apporté d'innombrables réponses qui ne conduisirent pas toujours à des inductions cohérentes.

Je ne me soucie guère d'entreprendre ici une quelconque enquête de vraisemblance : si je m'attarde sur l'histoire du sacré, c'est pour l'unique et simple raison que depuis deux mille ans elle se confond avec l'histoire de la peinture occidentale. Avec le calendrier grégorien et à l'exception de quelques "sujets civils", le peintre se transforme en illustrateur des livres sacrés : c'est en regardant les images que je féconde les questions que je dégage des écrits.

Les pages de l'histoire de l'art nous permettent de structurer différentes scènes de Création, à commencer par celle de Michel-Ange. Dieu selon le peintre : de telles entreprises se rencontrent rarement. Cf. Moïse, deuxième commandement – tu ne feras pas d'images, tu ne répandras pas d'images (mon image) –, le commandement de celui qu'on ne peut voir : s'il est vrai qu'on ne peut ni ne put me voir, tu peux me voir en toi sans pouvoir me faire voir. Et puis : s'il est vrai que tu peux me voir partout, tu ne peux ni ne dois me faire voir. Le deuxième commandement est à l'origine de l'iconoclasme et des différentes interdictions d'images dont toutes les époques donnent des exemples.

La Sainte-Trinité vint transgresser cette loi d'interdiction : de Grünewald au Greco, d'Otto

Dix à Arnulf Rainer, l'histoire de l'art s'enrichit d'une gigantesque anthologie de crucifixions – loin de moi l'idée d'entrer dans cette controverse à nulle autre pareille : je ne m'intéresse ici qu'à un autre sujet célèbre, tapi derrière : la première nudité, dans son étroite concomitance avec le "fruit défendu" dont on a vu qu'il était curieusement assimilé à la "pomme".

Nous savons que tous les détails ont leur importance : formé de la poussière de la terre, Adam vit au Paradis (sa localisation a suscité maints débats jusqu'à la fin du Moyen Age, jusqu'à ce que l'opinion selon laquelle il se trouvait plutôt au nord emporte le morceau) avec Eve créée à partir d'une de ses côtes pendant son sommeil. J'en dirai autant de l'épisode qui précède l'"expulsion" (c'est chez Masaccio qu'il trouve à mon sens son expression la plus forte ; car aucune autre œuvre ne parvient à rendre de façon aussi frappante la honte et la peur infinies que le couple ressent). Tous les détails sont importants, chacun a donné naissance à des commentaires sans nombre – le Serpent, l'Arbre et le premier péché, celui qui est de tous les péchés le germe et l'étincelle : la Pomme.

Les images que j'ai choisies dans le champ des possibles et que j'ai alignées les unes à côté des autres – le même instant est par elles répété, transposé dans la pierre, le mur, le papier, le tissu. Des traces de dents, la pomme va passer, passe, est sur le point de passer, de la main de celle qui la tend vers lui à la main de celui qui la tend vers elle.

De la fresque naïve, décolorée, de telle église du Sussex à la fresque qui quitta tel monastère de Ségovie pour le musée du Prado, il n'y a pour ainsi dire pas de décalage dans le temps – les historiens de l'art affirment qu'on rencontre en Catalogne et en Italie des œuvres de la même facture réaliste. Chez Cranach, la charge esthétique est entièrement nouvelle, empreinte de cette maturité, de cette sobriété sage qui atteindront leur apogée chez Dürer et les maîtres de la Renaissance.

Est-il possible qu'un glissement dans la lecture du sujet ait nourri les différences de style ? Dans la posture de l'Eve de Cranach, le péché est justifié, voire légitimé : nous avions donc quelque apparence de prendre en compte la notion de plaisir. Le déclic du péché originel, c'est que le rapport sexuel n'a pas pour but la reproduction : il déborde le cadre de l'objectif initialement prévu. Par le fruit, par la pomme, la contrainte se met en travers de ce chemin qui conduit du besoin au plaisir : pour vivre, rien ne sert de s'alimenter, il faut savourer.

Cette pomme est à l'origine de tout : elle est à *L'Origine du monde*. Allons puiser aux sources le réseau de sens qui se tisse entre les mots. La Genèse en fait un récit très explicite (III, 6-7) : "La femme vit que l'arbre était bon à manger et séduisant à voir, et qu'il était, cet arbre, désirable pour acquérir le discernement. Elle prit de son fruit et mangea. Elle en donna aussi à son mari, qui était avec elle, et il mangea. Alors leurs yeux à tous deux s'ouvrirent et ils connurent qu'ils étaient nus ; ils cousirent des feuilles de figuier et se firent des pagnes."

C'est ainsi que la Bible explique la nudité. A moins d'une ingérence diabolique, le couple ne lorgnera pas le "fruit défendu" : il n'aura que faire d'établir entre le Plaisir et le Savoir une relation qui lui coûtera cher. Quant à imaginer sur quel Monde, sur quel Univers le Créateur tablait avec ce projet d'un mode de vie où nul n'éprouverait l'envie de goûter au fruit de la volupté, d'utiliser le robinet de la soif éternelle qui lui est ouvert par l'arbre de la connaissance : comment le savoir ?

La seule chose bien certaine, c'est que du moment qu'elles avaient mordu dans la pomme, les deux créatures à la surface de la terre récoltaient un destin directement proportionnel à la malédiction lancée par le Créateur ; et de génération en génération la même malédiction se prolonge, en ligne droite. Le Coran donne du récit du "fruit défendu" et de la dénudation une approche plus modérée, et la sourate *Âraf* qui en reprend la trame jette du moins une lumière sur l'avenir : "O fils d'Adam ! Que le démon ne vous tente pas comme au jour où il a fait sortir vos parents du paradis en leur arrachant leurs vêtements afin qu'ils voient leur nudité."

La crainte de détruire cet espoir explique-t-elle la rareté des représentations, dans la culture islamique, de la scène de dénudation ? En tout cas, la culture chrétienne s'est attachée à rappeler incessamment l'existence d'un châtiment irrévocable : il n'est pas de scène de la Genèse qui soit autant représentée. Sans doute n'est-il pas totalement infondé de dire qu'à l'exception des périodes d'interdiction radicale des images ce passage de la Genèse offrait au peintre la seule occasion de s'approcher de la nudité sans la moindre appréhension et de travailler sur le corps humain en dépassant la condition d'"illustrateur" des saintes Ecritures : pendant des siècles, il ne put s'aventurer dans la nudité qu'à travers les légendes de l'Antiquité, les récits mythologiques, les scènes de l'histoire du christianisme, bref, à travers le passé.

C'est de manière naïve que les fresques, miniatures et enluminures, abordent le sujet. Jusqu'au XVe siècle rares sont les tentatives de lecture personnelle : de Masaccio à Chagall en passant par Dürer, Hans Baldung Grien et Rembrandt, le style l'emporte sur le contenu, désormais relégué au second plan.

Les "premiers nus", Adam et Eve, furent les premiers à voir qu'ils étaient nus : plus tard, à commencer par le couple, tout le monde se couvrit.

UNE THÉORIE DE LA POMME

Le moment vient où je me retrouve seul. Les joueurs auraient pu revenir, mais non. Mes étudiants ont quitté la salle, qui sait depuis combien de temps, et je me suis assoupi, la tête sur mon bureau. Et je me demande : le sommeil, où cela se passe-t-il ?

Il y a plusieurs moyens de s'éloigner de soi : voyager, dormir… ou en sortir définitivement, le moyen le plus rude. Ecrire, la plupart du temps, c'est s'arracher à soi pour mieux se retrouver. Nul ne les essaie tous. On s'amuse avec quelques-uns, on finit par en choisir un, un seul, et on se rend compte que c'est lui qui a choisi.

Le sommeil, *où* cela se passe-t-il ? Sans doute est-on, dans le ventre de sa mère, plongé dans un sommeil sans fond… sinon le nouveau-né dormirait-il continuellement ? Chaque fois qu'il se réveille, il pleure : il n'avait guère envie de venir ici. Plus tard il s'accoutume, nous nous accoutumons. Ne devrions-nous pas, à chaque réveil, nous mettre à pleurer ? Pour moi, les pleurs sont le signe que nous nous heurtons à nous-mêmes.

La vieillesse incline l'homme à nouveau davantage au sommeil ; n'est-ce pas le processus de préparation, de transition vers le sommeil ultime, définitif, irréversible ? Et nous appelons vie cette zone qui s'ouvre entre deux puits sans fond. De même que nous avons au bout des doigts des ongles qui nous rappellent que dans des temps reculés, au fond des âges, nous étions complètement protégés, couverts de corne, de même le sommeil perce-t-il notre vie de part en part pour nous rappeler chaque jour et inlassablement notre future inexistence, notre sortie de *L'Origine du monde* jusqu'au moment où nous serons déposés au fond d'un trou ou bien transformés au fond d'un four en une poignée de cendres bientôt éparpillées.

De temps à autre, je suis pris de crainte : ce que je vis, ne le dérobé-je pas au sommeil ? Il m'arrive de transporter dans le sommeil ce que j'écris, ce que je compte écrire. Quand dès potron-minet, à peine debout, je m'installe devant mon bureau et me mets à écrire, il me semble que mon ressort s'est remonté dans mon sommeil. Quant aux détails que je vous ai transmis sur Khalil Bey et Courbet, vous ne les trouverez dans aucune source écrite : c'est là que je les avais rencontrés. Les vues figées se sont animées, le film s'est rembobiné, et tout s'est répété tel que cela s'était passé : j'y étais, moi aussi.

Votre sommeil n'accueille-t-il pas ce genre de phénomènes ? Essayez donc de voir votre sommeil. Oui, vous pouvez apprendre à voir pendant que vous dormez : à l'intérieur, l'homme a aussi un œil, une paire d'yeux sans paupières, qui peuvent regarder, jour et nuit, sans relâche. Peut-être aviez-vous pensé que c'était un rêve et que vous nagiez dans un rêve éveillé, mais c'étaient vos yeux intérieurs qui fonctionnaient. Ce sont eux qui découvrent et mettent en lumière les images que jamais vous ne pourrez atteindre à l'extérieur. Le mot "vérité" fut un jour inventé, et il a son équivalent dans toutes les langues. Mais moi je me suis avisé un beau matin d'inventer le mot, la notion de "voir-tirer".

Toutes ces choses, et bien d'autres encore, semblables ou différentes, oui, tout apparaît sur la feuille de papier, sur les pages du cahier : il suffit de se retrouver tout seul. J'ai composé des tas de livres, mes lettres qui s'alignent en phrases ont rempli des milliers de pages, et je n'arrive toujours pas à savoir d'où elles viennent. Et s'il n'est pas tout à fait impossible de fixer "l'Origine du Livre", je ne trouve nulle part une trace dont je puisse tester la véracité. Mais vrai, où se trouve le premier "lieu" ? Mon rêve serait-il né du sommeil d'un autre ?

Le second joker n'est pas comme le premier : avec ce qu'il aurait pu dire, nous aurions pu combler la brèche entre les deux cartes, tandis que dans ce que dit le premier domine un timbre facétieux quoique blessant. Comment serait-il sérieux ? Ou alors essaie-t-il de dire dans les va-et-vient de sa voix que derrière chaque action sérieuse, chaque pensée, chaque entreprise, se cache une plaisanterie éculée ?

A notre première rencontre, il le savait déjà : à peine se trouvent-ils face à face qu'aussitôt la fragilité du "château de cartes" répond à l'interchangeabilité du Jeu et de l'Ecriture. Les auteurs du Jeu, indifféremment Dostoïevski, Zweig, Hesse ou Perec, l'ont signalé : le même jeu ne se répète qu'en vertu de la lutte que se livrent la Règle et l'Accident, la Loi et le Hasard. Et l'autre d'attendre sur le second plateau : ah, ce coup de dés ! Et soudain tout échangeait sa place sur la balance. Ceux qui jouaient avec l'Ecriture avaient raison, lorsqu'ils nous ont montré le *premier jeu* : la probabilité que tout fût un jeu et seulement un jeu pouvait bien être la plus douloureuse raison d'être à la fois du Chaos et du Cosmos.

Il suffit que je regarde *L'Origine du monde*, voire que je m'avise de le faire, pour que je sois une fois encore arrimé à la Douleur. Et comme il n'est pas question de répéter indéfiniment le même savoir sous la même forme, dans la même phrase – on se fatiguerait –, soit on décide de s'en aller, soit on reste en trouvant le moyen de varier les phrases à l'infini pour exprimer le même savoir.

Mon voyage, avais-je dit ? Oui, c'est ce que j'avais dit : mon voyage. A défaut de pouvoir intervenir dans les règles du jeu, de pouvoir les modifier, je prétends me réfugier dans le plaisir que la tension ne manquera pas de susciter. Chaque fois les feuilles *se tiennent* là, vierges, blanches. Chaque fois. Ce jeu, je le construirai, là, dans mon jeu, à côté de celui-là, et au-delà de lui. Et entre les deux points viendra s'insérer un autre jeu, puis encore un autre. De leur alignement à tous jaillira la *plaisanterie* où se réalise le vrai grand jeu.

Les autres joueurs vont maintenant arriver, sans plus de retard. Il va falloir tirer la carte de chance qui assigne à chacun sa place à table, mais elle fait plus : elle influence aussi le préclassement de toutes les cartes qui vont nous échoir.

Pour une fois, il se pourrait que personne ne vienne.

Assis à la table, le joueur solitaire fait une réussite : il passe le temps.

Libre à vous d'essayer.

Je n'arrive pas à le savoir, arriverai-je jamais à le savoir ? Mon rêve peut-il être issu, s'être développé et amplifié, du sommeil d'un autre ?

Je crois logique que tout commence et finisse dans le sommeil – c'est là-bas que tout s'accomplit depuis le début.

"Alors le Seigneur Dieu modela l'homme avec la glaise du sol, il insuffla dans ses narines une haleine de vie et l'homme devint un être vivant (…) Alors le Seigneur Dieu fit tomber une torpeur sur l'homme, qui s'endormit. Il prit une de ses côtes et referma la chair à sa place. Puis, de la côte qu'il avait tirée de l'homme, le Seigneur Dieu façonna une femme et l'amena à l'homme. Alors celui-ci s'écria : «C'est l'os de mes os et la chair de ma chair ! Celle-ci sera appelée femme car elle fut tirée de l'homme !» C'est pourquoi l'homme quitte son père et sa mère et s'attache à sa femme, et ils deviennent une seule chair. Or tous deux étaient nus, l'homme et sa femme, et ils n'avaient pas honte l'un devant l'autre."

Voici ce que je vois : une torpeur proche de la mort tomba sur Adam et, comme sous narcose, il accoucha une seule et unique fois.

Et on oublie que c'est le premier homme qui donna naissance à la femme – la source de son désir, de son péché capital ; c'est toute une partie du subconscient collectif qui s'en trouve grattée, effacée. Le fils de l'homme n'est pas responsable de son sommeil, le penseur oublie ses rêves. Et pourtant il est coupable de ce qu'il y a vu – et il se réveille avide de tout ce qu'il veut voir, de tout ce dont il est curieux.

Voilà : l'homme a donné naissance à la *chose* qui jusqu'au bout et pour l'Eternité déterminera toute son existence, son avenir ; et la capacité de faire naître fut par la suite transmise à l'*autre*. Cela explique-t-il pourquoi l'instinct de reproduction s'est transformé en obsession ?

Après avoir longuement réfléchi sur les similitudes et les oppositions d'images entre le vers "Je suis un homme : je ne peux accoucher de toi encore une fois" ("La parabole de la cendre", *Le Quinquet*) et celui de Rilke "Mais l'homme persista : la femme enfantera", un ami philosophe eut grand-peine à faire le départ entre le point de convergence de ces deux impossibilités et leur point de divergence.

Rilke exprime la douleur infinie de la Vierge Marie qui, confrontée à la mort de ce qu'elle a fait naître, sait que sa matrice n'aura aucune part à la Résurrection. Le poète de "La parabole de la cendre" est prisonnier de la douleur d'Adam dépossédé de sa matrice. Cette douleur fantomatique se transforme en douleur de la (sa) poésie, elle se travestit à mesure qu'elle s'éloigne de "l'Origine du monde" – le créateur est au

Créateur ce que la créature est à la Création : son sosie impuissant, son pâle reflet au miroir, le comédien sans corps de la grotte des ombres, sa doublure.

La femme dont une partie du corps se donne sur la toile, qu'elle soit Jo ou une autre, ne sait pas que le peintre est en train de l'observer, de la peindre – voilà un détail qu'aucun document ne précise : elle *dort*.

Cet (te succession d') événement(s), tout ce récit (fictionnel) se *passent* dans le sommeil de la femme du tableau, dans le rêve qu'elle fait en dormant. C'est là que Courbet peint la toile, c'est (de) là que je regarde et que j'écris, c'est (de) là que vous lisez et que vous regardez le tableau.

Le film du rêve qui est dans le noyau du sommeil se rembobine jusqu'au premier instant, l'instant d'avant la Chute : il se rattache au sommeil d'Adam, au point où sa limite, les limites ont été fixées. L'Ancien Testament parle du "jour" et du "soir", il ne dit rien de la "nuit".

C'est que la nuit n'existe pas, le sommeil non plus : la petite sœur de la Mort n'est pas née encore, la Mort n'existe pas.

Quand elle sera là, ce nœud indénouable dans la gorge d'Adam, le fils de l'homme, interviendra au point crucial de l'axe narratif – la pomme d'Adam, c'est désormais le centre de gravité du corps.

Dans le jardin d'Eden à l'Orient, le premier homme, un homme, Adam, créé à partir de la glaise, puis un deuxième être humain, une femme, créée à partir d'une des côtes de l'homme plongé dans un profond sommeil – il l'appellera plus tard Eve – tous deux vivent purs et innocents, nus, mais sans savoir – pour cela même – qu'ils sont nus, qu'être nus sera pour eux bientôt source de honte, et du reste protégés quoique nus, parce que recouverts de corne de la tête aux pieds. Tous les autres vivants sont dans le jardin ; selon la volonté de Dieu, Adam leur a lui-même donné un nom à chacun. Il y a aussi des arbres : à une exception près, ils peuvent manger de tous pour l'Eternité, car la Mort n'existe pas encore – sans doute la notion existe-t-elle, mais elle est dépourvue de réalité, de validité. Le seul arbre auquel le premier homme et la première femme ne doivent absolument pas toucher et dont le fruit leur est défendu par des consignes lourdement martelées se trouve au milieu du jardin : c'est l'arbre de la connaissance, qui porte sur lui, dans son fruit, dans la chair de son fruit, le Bien et le Mal – l'arbre qui permet de savoir, de connaître, de faire connaissance avec le Bien et le Mal.

Poussée par le serpent (Satan selon certains, selon d'autres une pulsion, sa conscience et son subconscient), Eve s'approche de l'arbre, en cueille un fruit (selon de nombreuses sources, une pomme) qu'elle goûte, le donne à Adam qui y goûte à son tour, et c'est là que tout *commence.*

Car tout d'un coup ils se mettent à distinguer, à comprendre, à savoir. Ils se rendent compte qu'ils sont nus. Ils se cachent, ils couvrent sous des feuilles de vigne leurs parties génitales, source du désir sexuel qui les a conduits à manger la pomme défendue. Un pas de plus : le Créateur appelle Adam "Où es-tu ?", et ils prennent peur. Qu'ils soient nus, qu'ils le soient restés, qu'ils aient honte de leur nudité, voilà qui va les trahir : ils le savent bien, et c'est pourquoi la peur les envahit.

Ils n'ont pas tort : le Créateur les châtie lourdement d'avoir pris et mangé un fruit (une pomme) de l'arbre de la connaissance : il condamne le serpent à marcher sur le ventre, à manger de la poussière, à avoir la tête écrasée. La femme enfantera dans la peine et la souffrance, tout en continuant à désirer son homme et à être dominée par lui. Adam devra extraire péniblement sa nourriture de la terre et de la poussière, il devra travailler le sol avant de redevenir poussière et de retourner au sol dont il a été pris. Et pour parachever le châtiment, ce coup de grâce : le Créateur les expulse du jardin d'Eden, les renvoie sur la terre et les rend mortels.

Tel est le châtiment de qui apprend, de qui veut apprendre.

La Genèse nous apprend “pourquoi” l’homme a vécu et vit *ainsi* sur terre.

La pomme se pose là, à l’origine de tout.

Je me suis déjà penché sur la place que tient ce “sujet” dans l’évolution de la peinture occidentale, je ne tiens pas à me répéter. Certain d’y avoir quelque droit, je me porte candidat à l’organisation d’une vaste exposition répartie sur deux grandes salles.

Dans la première salle, ce sera une anthologie “Adam et Eve”, avec toutes les variantes des scènes de la Genèse, rangées par ordre chronologique. L’accrochage d’œuvres sorties de la main d’artistes divers me permettrait de tisser l’unité d’un réseau qui articulerait les étapes de la narration. Pour autant que je puisse en juger, il est possible de découvrir l’équivalent pictural de chaque passage du texte – le plus raisonnable, pour procéder à ce classement, serait de ne pas tenir compte des dates de composition des tableaux.

Je séparerais très nettement la première salle de la seconde, réservée à l’après-expulsion. J’arrêterais ma sélection après mûr examen de deux mille ans de peinture, de façon à tout ordonner autour d’un même thème : il y aurait *uniquement* des représentations de “pomme”, des “peintures aux pommes”. A la différence de la première salle, je m'attacherais à souligner la chronologie : les toiles seraient rangées selon leurs dates de composition respectives. Il serait aussi question de savoir quand, où et dans quelle œuvre la Pomme a été mise au premier plan.

C'est en 1996 que j'ai élaboré ma “théorie de la Pomme”, à l'époque où je projetais d'écrire *ce* livre. Depuis ce fut une idée fixe : il fallait que j'examine toute source iconographique accessible, et j'ai ainsi rencontré des centaines de “peintures aux pommes”. Je suis parvenu à faire ma sélection à l'aide de l'ouvrage sur la “Pomme” signé du duo Michel Pastoureau – Maxime Préaud, qui m'a fourni l'essentiel des informations culturelles – sans doute comporte-t-il quelques lacunes, mais voilà, qu'est ce que la vie, sinon un entrepôt de lacunes ?

Venons-en aux peintures que j'ai choisies pour la deuxième salle. Mais voici que la même lueur étrange traverse encore votre regard : je vois bien vos réserves, vos réticences devant ce projet d'exposition ainsi que devant la “théorie de la Pomme”. Moi, me moquer du monde ! Ou faut-il penser que je prends une fois encore le risque de me fourvoyer *à la poursuite* de mes “trouvailles”, au point que j'avance des thèses loufoques, sans me rendre compte que je m'expose à la raillerie de tout le monde ?

Si vous ne trouvez rien de bizarre à cette fidélité à toute épreuve dont bénéficie le contenu du texte de la Genèse depuis plusieurs millénaires, c'est que vous êtes libre devant le contenu de *La Pomme*.

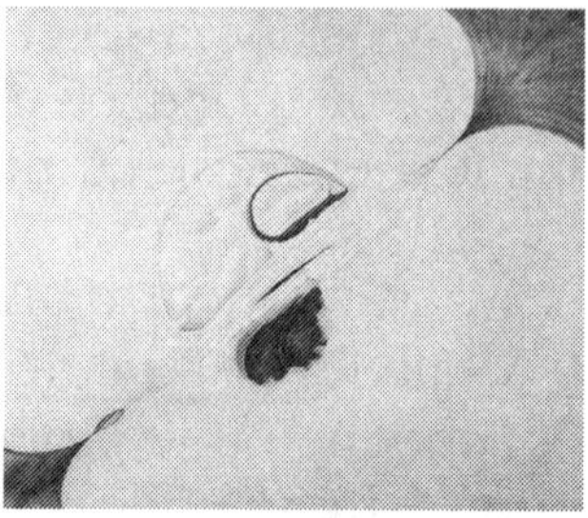

Maintenant que vous avez visité la deuxième salle, vous pouvez rapprocher ces tableaux de ceux de la première.

C'est là que se trouve l'une des pierres angulaires de la "théorie de la Pomme" : en face des innombrables représentations de pénis pendant deux mille ans, il n'y a, et cela jusqu'en 1866, pas une seule représentation picturale ou sculpturale de vagin – et je dis, moi, que si quelque chose *s'y substitue*, c'est la pomme.

Pour étudier la naissance de la métaphore, il faut découvrir *ce* qui s'y trouve caché, et aussi pourquoi et comment ; de même, établir la carte sémantique de sa variante, autrement dit, de dont elle se compose en fonction de certains paramètres.

Ma méthode : je pars du texte de la Genèse, où il est écrit qu'à l'origine du désir de la première femme il y a un intermédiaire d'ordre sexuel, comme le souligne le célèbre glossateur classique Abravanel qui y insiste : ils ont choisi le fruit "parce qu'il devait augmenter leur appétit sexuel".

Il était interdit de manger de l'arbre de la connaissance, et, à l'origine de cette interdiction, le fait qu'il contenait, non pas "l'*au-delà* du bien et du mal" selon l'expression de Nietzsche, mais le Bien et le Mal.

Oui mais qu'est-ce que le Mal, ici ? La pomme symbolise le caractère tentant, séduisant du désir, de la volupté, du "plaisir" qui se confond avec la "faute". J'y insiste : ce n'est pas moi qui considère la pomme comme l'équivalent du désir sexuel *éprouvé par la femme*, c'est le texte de la Genèse.

Par la suite, le fruit défendu s'imprime au moins dans le subconscient de tout adam et de toute ève – il s'y enracine.

C'est *ainsi* que je lis la peinture de Magritte : *Ceci n'est pas une pomme*.

La peinture de Fatma Tülin, dis-je, est la preuve évidente qu'*elle* n'est pas une pomme.

A force de discuter du *sujet* du tableau, Khalil Bey et Courbet en étaient arrivés à lui *chercher un nom* – me semble-t-il. Ce qu'on doit peindre, c'est une région, un organe du corps féminin, qui n'a encore jamais été représenté, qui n'a jusque-là jamais pris forme dans le domaine artistique, qui est dans un sens resté intact, retenu au stade du tabou, mais qui est pourtant, dans un autre sens, une *traduction* du fruit défendu.

Deux hommes sont là, ils discutent : la toile n'existe pas encore. *La femme dort* (cette brève phrase en italique, ce leitmotiv, est l'une des clefs, pardon, des serrures de mon livre). S'il faut la faire, quand elle sera faite, *L'Origine du monde* troquera sa *place* contre celle de la pomme qui avait pris sa *place* depuis près de deux mille ans.

A cet instant ils tressaillent. Le tableau constituera un commentaire nouveau de la Genèse, des Ecritures saintes.

Comment la pomme pourrait-elle être laissée à découvert ?

La laisser à découvert et l'exposer au désir du regard, n'est-ce pas réitérer la tentation du "péché originel" ? Et plus : briser la métaphore.

Ne pas oublier, surtout, que c'est par cette porte qu'on entre dans la "Mort" : nous n'avons été éloignés de "l'arbre de la vie" que pour n'avoir pas su nous tenir à l'écart de "l'arbre de la connaissance". Nous avons voulu être comme Dieu, en désirant acquérir son pouvoir de distinguer entre le Bien et le Mal. Et il nous a séparés de lui : puisque tu t'es permis de prendre ce qui est divin, tu seras séparé de "l'arbre de la vie". Dorénavant tu resteras humain, irréversiblement – tu es désormais devenu mortel.

Si Khalil Bey avait la syphilis, il savait d'où venait sa mort : l'endroit d'où il était né devait le tuer. Il n'est pas difficile de comprendre qu'il ait au moins voulu contempler sa mort, la regarder en face.

Quant à Courbet qui contemplait les natures mortes aux pommes qu'il avait peintes lors de son séjour en prison, à la fois malade et prisonnier, entre péché et crime, je pense qu'il interrogeait son existence.

J'imagine : après avoir fini une des toiles, peu importe laquelle, il tend la main vers une des pommes et y plante les dents : la saveur qui se répand dans sa bouche, c'est la vie qui entre dans son corps, un jeu de bascule, *encore une fois*, entre Vie et Mort.

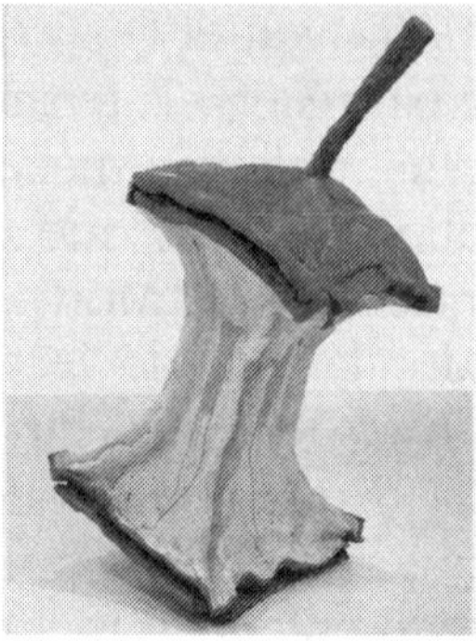

Dans une annexe à la fin de son étude, Roger Shattuck récapitule les "catégories du savoir défendu" qu'il a découvertes ; il avait fait allusion, au début, dans l'une des épigraphes, à une phrase des *Contes de Canterbury* : "Défendez-nous telle chose, nous la désirerons."

Shattuck définit une des catégories du savoir défendu comme relevant du domaine de la foi et propose une géographie des tabous que créent les croyances religieuses, mystiques. Il se réfère alors à un exemple intéressant : le héros d'*Ethan Brand*, nouvelle de Nathaniel Hawthorne, parti à la recherche du "péché impossible à pardonner", comprend soudain que le plus impardonnable des péchés est sa quête même.

C'est *ici* que se trouve la seconde pierre angulaire de "la théorie de la Pomme".

Ecrire, dis-je, c'est se diriger vers la pomme, se risquer à la cueillir sur l'arbre, sur la branche. Mieux encore : écrire, c'est mordre dans la pomme.

Je vois bien, vous souriez. (*Bis* : "Ce qui vous fait rire aujourd'hui demain pourrait vous tuer" – Proudhon.)

Vous croyez : écrire, c'est rêver d'une (de la) pomme (je fais un jeu de mots*).

Je jongle avec les mots, c'est qu'en même temps je joue avec des pommes.

Puis j'en choisis une que je mets devant moi sur mon bureau.

L'écrivain a posé une pomme sur sa table, un peu en arrière de ses papiers et de ses stylos, il la contemple.

C'est là que tout commence dans la réalité.

Si Francis Ponge était là, la pomme serait avant tout un mot : il compulserait les dictionnaires, attaché à l'idée que le fruit reste le même quel que soit le son dont on l'habille : *elma*, *apple*, etc.

Si j'appartenais au nouveau roman, je me contenterais de ce que je peux voir : un volume, une forme, un contenu, une section, comme si elle avait été coupée en deux par le milieu – j'observerais la pomme, je la décrirais, je la raconterais tout uniment.

Si j'étais Flaubert, j'entreprendrais de décrire une pomme parmi d'autres de façon à la distinguer au milieu de toutes les autres.

Pour Enis Batur, tout naît de la pomme posée sur la table : du mot et du fruit vers l'image et le signe, une dispersion sans fin.

* En turc, les verbes mordre *(dişlemek)* et rêver *(düşlemek)* sont paronymes.

Ecrire c'est *se lancer* dans la pomme, boule de gomme.

Chercher, connaître, faire connaissance, savoir – tendre la main vers l'arbre encore une fois.

Ecrire (faire) est en l'occurrence un double péché.

Connaître le péché, car commettre le péché (oui).

Passant à la seconde prémisse de la “théorie de la Pomme”, nous tombons encore sur deux hommes, un nouveau duo que restitue une de leurs photos, datant du milieu des années 1970, Steven Paul Jobs et Stephen G. Wozniak. Le plus petit (Wozniak) a une barbe et les yeux passablement plissés, j'assimile le grand à un autoportrait datant de 1849 : c'est dans le garage de son père qu'ils réalisent le miracle Apple Macintosh. Pendant l'été, Jobs travaillait, semble-t-il, dans les pommeraies. Ils fondèrent en 1976 une société dont ils conçurent l'année suivante le logo représentant une pomme entamée sur un côté, et qu'on aperçoit aussi sur la boucle de la ceinture que porte le barbu de la photo.

Ce sera l'icône d'un nouvel âge, symbolisant l'avancée la plus importante de la technologie dans le domaine des logiciels.

La pomme se tient au milieu de mon bureau. Sur sa gauche un Apple Macintosh classique, dont je ne me sers plus, sur ma droite un Apple Macintosh portable relativement neuf. Quoique je continue à écrire avec un stylo, avec plusieurs stylos même, à un certain stade mon écriture passe là-dedans : elle prend place dans cette mémoire, avant la mise en œuvre des procédures de préimpression, elle attend dans la "Pomme".

Le fruit de l'arbre de la connaissance reproduit l'ancienne trace de dents (morsure), à l'orée d'une nouvelle ère.

Derrière cela, dans cet arrière-plan d'histoires multiples, quel rôle joue la légende de la "Pomme rouge" ?

Sans doute Khalil Chérif Pacha la connaissait-il. Etre né en Egypte ne l'avait pas empêché de devenir un Ottoman, sans compter que la vie avait fait de lui, en sa qualité de ministre ou d'ambassadeur, l'un des observateurs privilégiés des soubresauts et agitations sur les confins des terres de l'Empire ottoman et de celles de l'Autre ; faisant la navette entre des Etats qui de part et d'autre de la ligne de démarcation cherchaient opiniâtrement un point à conquérir ou à libérer, se demanda-t-il en quel lieu *précisément* se trouvait le pommier ?

Sous le regard que posait sur lui *Le Sommeil* de Courbet du haut d'un des murs de sa maison parisienne, l'idée l'avait-elle effleuré que peut-être la légende tenait d'un bout à cette ville, puis à Vienne, et de l'autre à un empereur symbole qui devait se réveiller le jour du Jugement dernier ?

Selon la tradition, le pommier était sur une montagne au centre du globe terrestre ; qui posséderait son fruit serait le maître du monde ; la pomme était la boule d'or de l'histoire magique d'Istanbul ; le signe de l'immortalité dans l'astrologie selon les Seldjoukides ; le *Reichapfel* des Germains ; le signe clef d'Alexandre le Grand… Khalil Chérif Pacha avait-il entendu parler de tout cela ? Peut-être oui, peut-être non… Quoi qu'il en soit, il n'ignorait sûrement pas que les janissaires faisaient de la pomme rouge un objectif glorieux au centre du monde chrétien, l'appel des richesses lointaines, un but sacré et qu'ils avaient pour leitmotiv "Mon padischah, pour l'amour de toi, nous irions au-delà du mont Kaf*, jusqu'à la Pomme rouge". Comment aurait-il pu imaginer que le symbole d'une ville lointaine qui en était encore à ses premiers pas et se préparait, face à l'océan Atlantique, à devenir la ville reine des siècles futurs se confondrait avec le motif de la Grande Pomme et que le jour viendrait où les dragons l'attaqueraient de bon matin ?

Savait-il que la pomme occupait la première place lors de la naissance de Manas ? Connaissait-il l'histoire d'Atalante qui s'exposa au risque de prendre du retard pour ramasser la pomme d'or que son concurrent Hippomène avait délibérément jetée sur la piste tout près de la ligne d'arrivée ?

La pomme attend d'être pelée.

Quand j'ai commencé à écrire, je ne me doutais pas que chaque mystère que je suivrais à la trace, chaque connaissance que j'atteindrais en passant de l'autre côté de chaque couverture, de chaque voile, de chaque brume que je rencontrerais en moi et en dehors de moi, me mettrait dans un face-à-face avec la Vie et la Mort.

Depuis ce jour, j'ai pris le désir pour guide : cet acte que, pour mon suprême agacement, on appelle l'enfer de l'écriture, m'a accompagné jour et nuit. C'est un mal pire que toutes les tensions et douleurs qu'il provoque et en

* Montagne légendaire des contes turcs.

même temps de tous les maux le meilleur antalgique.

J'ai composé des livres, j'en compose encore.

Avec mes livres j'ai tissé, je tisse une toile, un labyrinthe ; de mes pensées et ma sensibilité c'est tout un réseau qui se compose de ce que j'ai vécu.

Qu'est donc cela que je tisse ?

Depuis toujours, fixant des yeux le tissu, la toile, la régularité de mes fonctions corporelles, tous les motifs imaginables, j'ai essayé de donner sens à ce que je faisais. *Opus incertum, opus reticulatum* – point avant et point arrière, donnez-moi un motif, que je chamboule tout.

Mes sécrétions sont prêtes. Dans mes deux mains deux crayons à tricoter, mon écriture-navette, ma peur la plus profonde…

Se peut-il que je noue mon propre nœud de mes propres mains ?

Chaque homme de lettres qui s'évertue à échapper à l'écriture de son destin par l'écriture de sa propre main fonce-t-il sans s'en rendre compte à plein tube vers son plexus ?

Voilà, j'ai fait un tour.

Je vais laisser des traces. Cette Trace que j'espère laisser prouvera – que cela est vain ! – que je me suis révolté contre ma mort, ce châtiment qui aura conduit à ma mortalité : je me serai révolté contre un premier péché, un péché préliminaire, dont je suis le fruit, la pomme.

Aussi ma main se tend-elle vers la pomme, ma paume prête à la contenir.

J'arrive au terme de cette histoire, solidement arrimé à la prochaine.

A l'instant où le poids des ombres qui l'encerclent commence à l'écraser, le nouvel arrivant, plutôt que de participer au désespoir de l'attente collective, se décide à s'enfoncer dans le vide sans fin de la grotte et de marcher jusqu'à épuisement. Il avance à tâtons, tâchant d'y voir avec les mains, puisque ses yeux ne peuvent lui venir en aide ; il trébuche à chaque pas, bleus et meurtrissures lui tavellent le corps ; il sait que cette marche inutile est la seule raison de résister qui lui reste, la seule signification. Toute énergie abandonne progressivement son corps, quand tout à coup, alors qu'il se sent près de s'écrouler et d'expirer séance tenante, il lui semble que ses yeux commencent tant bien que mal à distinguer quelque chose. Il croit d'abord qu'il nage dans une impression d'oasis, il s'imagine être tombé dans les lacs d'une vision. Il s'arrête et après avoir un instant secoué ses voix intérieures il se rend compte que sa perception est bien réelle : il y a une issue à l'autre bout de la grotte, et la source de cette lueur pâle attend, un peu plus loin, qu'il la rejoigne. Du coup, il hésite : vaut-il mieux en rester là ou essayer de sortir de la grotte ? Il ne sait pas.

1996-1997 ; 2000-2001.

IL ÉTAIT UNE FOIS
GUILLAUME TELL

HISTOIRE
PRÉTENDUMENT APOCRYPHE

Avant de lire, diluez dans l'eau.

La cueillette des pommes a commencé.

Ainsi le commencement de la saison de la chasse : c'est une cérémonie dont le cadre est par avance fixé pour avoir été formé lentement au fil des siècles. J'entends les voix : fanfare, chiens, armes – les crosses déjà chaudes : ils avancent parmi les arbres, torche à la main : la nuit n'est pas achevée.

Je vais vous raconter une autre histoire : car à peine une histoire est-elle achevée que déjà, et avant même d'avoir eu le temps de parvenir à toutes les oreilles qu'elle pouvait atteindre, elle accouche de la suivante qu'elle prépare : chaque histoire s'écrit au milieu de ses voisines, ses strates se mêlent à d'autres strates, elles lancent d'un élan simultané une passerelle infinie au-dessus du vide, tous les lambeaux épars d'une seule et grande histoire.

N'est-ce pas la raison pour laquelle ils ont commencé la cueillette des pommes ? Ils les mettront en tas dans les quatre coins : des tas rouges, verts, jaunes. Sans doute ne pourrons-nous pas voir les feux allumés de l'un à l'autre, mais nos yeux distingueront sans peine les volutes de fumée qui s'en élèvent.

Quand on a commencé la cueillette des pommes, mon attention s'accroche au verbe, selon mon habitude : quand je croise le regard d'un verbe, je ne peux me défendre de le regarder fixement :

Chaque fois qu'un professeur de mathématiques à la retraite fait des additions, de lacets usagés et de tous objets de même nature, qu'ils soient ou non utiles, mes perceptions s'éveillent : je ne peux m'empêcher de penser, d'imaginer – une voix en moi m'enjoint de ramasser, je me mets tout doucement à collectionner.

Il me faudra un jour renoncer à cette habitude.

Je ne connais pas l'origine de l'expression "histoire de serpent". Je sais seulement que j'ai comme l'impression qu'en ce qui me concerne la capacité potentielle de n'importe quoi à se transformer en "histoire de serpent" se trouve redoublée. Cette expression s'entend-elle d'une figure analogique, en référence aux mouvements sinueux de l'animal ? Ou bien le détail zoologique auquel elle renvoie – à peine le serpent s'est-il débarrassé de sa peau qu'aussitôt une autre, toute neuve, la remplace – traduit-il une aventure sans fin ? Ou signale-t-elle la première histoire, l'histoire la plus vieille de toutes les histoires, quand, dans la Genèse, Adam monte sur scène ? Quel que soit le chemin que nous empruntions, il est évident que le serpent montrera sa tête à l'entrée du trou.*

Pour un peu, j'allais oublier que c'était lui qui avait mis le serpent en jeu. Oublier, façon de parler, pulsion d'écrire, comment oublier : les scènes que j'ai exposées ensemble dans la première

* Locution turque désignant une "question sur laquelle on revient inlassablement et qui ne trouve jamais de solution".

salle – Adam, Eve et la créature condamnée à ramper –, tout ce que j'ai réuni et mis de côté filtre des scènes de la Genèse : le corps enroulé autour de l'arbre, l'arbre défendu, l'arbre de la connaissance, le serpent est en train d'offrir le fruit qu'il tient dans sa gueule.

Il faut qu'il y ait une raison, muette mais solide, pour qu'il choisisse de s'attaquer à la femme et non pas à l'homme.

Est-ce une prérogative masculine que de tout transformer en histoire de serpent ?

Au commencement est un chapeau.

Il serait trop facile de mesurer ce qu'il y a de fortuit dans le fait que dans toutes les histoires brûlantes un chapeau ait voix au chapitre sans qu'au demeurant le chapeau soit jamais seul ; il y a la tête qu'il couvre ou doit couvrir, à laquelle il appartient : qu'il soit ou non visible, que nous le rencontrions ou pas, cela n'a aucune incidence sur le cours de l'histoire.

Le chapeau représente la tête à laquelle il appartient : il en est l'expression. Nous voilà dans le village d'Altdorf, à proximité du lac d'Uri, sur la petite place qui s'appelait dans les temps anciens la place des Tilleuls – au centre géographique de l'Europe ou presque. Les passants sont tous obligés de saluer révérencieusement le chapeau qui trône en haut d'une perche au milieu de la place et qui symbolise l'administration, le pouvoir des Habsbourg : l'une des pages les plus dramatiques de la longue et complexe histoire du chapeau va à l'instant s'ouvrir.

Tout se précipite lorsque Gessler, le cruel bailli de la région, chargé de défendre la souveraineté du palais d'Autriche, voit un paysan traverser la place et ne pas saluer le chapeau. Il fait immédiatement arrêter le paysan qui se nomme Guillaume Tell et qui descend de Burglen, à quelques kilomètres de là. L'homme se fait rappeler à l'ordre – pour le cas où il aurait eu un moment de distraction – mais, le regard dur, désinvolte, il s'opiniâtre : le 14 septembre 1307, aux alentours de midi, pour prix de cette obstination, un silence lourd, discordant, s'abat sur la place des Tilleuls.

Après coup, le récit enfonce l'artère bouchée devant lui, dissout le caillot qui l'obstruait et se fraie un passage.

Zarathoustra est assoupi, lorsqu'une douleur, fulgurante, lui élance le cou et le réveille ; il décolle son visage de son bras. Quand le serpent voit que c'est Zarathoustra qu'il vient de piquer, il se fait tout petit, fait mine de détaler – "Non, reste !" s'écrie Zarathoustra, porte-parole de Nietzsche, qui a fait descendre du ciel le fils de l'homme, "Laisse-moi te remercier… Car tu m'as réveillé à temps : il me reste encore un long chemin à faire."

Nous savons que le serpent fit volte-face et aspira son propre venin. La première histoire n'illustra pas la même indulgence : si Dieu avait existé, il eût pu envisager d'effacer et d'oublier. C'est à l'homme qu'il revient d'Effacer et d'Oublier.

Cette même dureté marque le destin du serpent : animal ou Satan, il ne peut pas se défaire de sa condition.

Par conséquent : est histoire de serpent celle du fils d'Adam autant que celle du serpent : chaque ligne et chaque trait que l'on trace sont condamnés à tourner en rond, à dessiner des cercles, à s'inscrire éternellement dans une logique cyclique, quelque droite qu'on puisse souhaiter la route.

Toujours ma route s'incurve en s'allongeant.
Ma route est un serpent.

A l'origine de la fondation de toute nation, de tout pays se trouve une légende mère. La plupart des Suisses évitent d'envisager l'hypothèse que l'histoire de Guillaume Tell serait complètement fictive : ce "savoir" les blesse encore aujourd'hui – comme une flèche.

Mais voilà : il était une fois.

Si je ne m'abuse, le rusé Voltaire fut le premier à douter de l'authenticité de l'histoire. Il écrivit en 1756 : "L'histoire de la pomme est très douteuse, tout comme les circonstances dont on l'entoure." Quatre ans après, la publication d'un opuscule intitulé *Guillaume Tell, une légende danoise* vaut à son auteur, curé de campagne dans le canton de Berne, de graves soucis. Les réactions ne se sont pas pacifiées avec l'époque moderne : lorsque l'extraordinairement subtil *Guillaume Tell pour les écoliers* de Max Frisch paraît au grand jour, c'est le branle-bas de combat. S'aviser de compter pour rien la tête que surmonte une pomme, voilà une tentative d'élimination scélérate : autrefois c'était de ne pas saluer le chapeau qui était condamné comme une attitude intolérable…

Or les sources ont été identifiées : au XIIe siècle, Saxo Grammaticus relate dans son *Histoire des*

Danois l'aventure de Toko qui transperça la pomme posée sur la tête de son fils à une distance de cent pas et qui, vérité ou légende, marqua de son sceau les annales bien avant Guillaume Tell – par surcroît ce récit développe aussi, tout comme l'histoire de Guillaume Tell, le thème de la "seconde flèche".

Que ce soit par les travaux de Vladimir Propp sur les contes ou par les modèles de récit d'origine indo-européenne réunis par Dumézil, nous sommes prévenus : il vous suffit de caresser une histoire pour qu'il vous en arrive une du même genre.

On ignore en quelle année le Maître de Francfort acheva La Fête des Archers *qui se trouve au musée des Beaux-Arts d'Anvers. N'était-ce pas l'année où Mehmet le Conquérant ordonna que la place des Flèches fût réservée aux archers émérites ? – Si, bien sûr.*

Je n'ai pas cherché à savoir pourquoi les archers organisaient une fête ni quel jour exactement ils se réunissaient pour déclencher les réjouissances (si l'on ne peut se dispenser de s'informer de certaines choses, pour d'autres en revanche on se dit qu'on pourrait aussi bien s'en passer – mais pourquoi se le dit-on ? cela non plus, je n'ai pas cherché à le savoir). Au Moyen Age la solidarité professionnelle jouait un rôle important dans le fonctionnement des comportements sociaux, comme aujourd'hui chez nous : mentionnons la tradition des loges, les corporations, le regroupement des catégories professionnelles entre elles lors des grandes cérémonies impériales, et le fait qu'elles considèrent que leurs insignes sont leur honneur.

En ce jour de fête, pourquoi les archers se sont-ils rassemblés sous des pommiers ? Je ne le sais pas davantage (sur le dessus d'un livre il y a ce que nous savons, ce que nous croyons savoir, et dessous ce que nous ne savons pas, ne pourrons jamais savoir – dédié à ceux qui croient que l'auteur sait tout).

Ce que nous ignorons, nous pouvons le chercher, voire le trouver – ou ne pas trouver. Quand nous ne trouvons pas, il n'y a rien de scabreux à faire appel à la raison :

Autant de pommes, autant de flèches – dis-je.

Sur le modèle de nombreux beaux récits de révolte, de tant de pages d'histoire où la rébellion conduit à l'indépendance, l'épisode de Guillaume Tell postule des aspects anti-despotiques.

Ne pouvait-on pas le lire *autrement* ?

Qu'un père ait accepté de coucher son fils sur l'autel pour prix de son insoumission, qu'il ait persisté, inflexible, dans son refus obstiné de saluer le chapeau malgré la terrible épreuve que lui imposait le seigneur, tout cela nous incite à interroger les valeurs traditionnelles de l'héroïsme toujours de mise jusqu'à aujourd'hui.

Ce qui nous suffoque, dans cette histoire, c'est que le prophète se pique d'escalader la colline, déterminé à immoler à son Dieu son fils bien-aimé qui est à ses côtés – encore une parabole de sacrifice.

Ce choix pour le moins étrange de "sacrifier celui qu'on aime le plus" coïncide avec le fameux conflit père-fils qui est la pierre angulaire, l'origine de tous les œdipes et anti-œdipes : pourquoi donc, à défaut de risquer sa propre vie pour payer son action, celui qui se révolte se résigne-t-il à ce qu'on choisisse pour lui, à ce qu'on lui désigne, une autre cible ?

C'est un conte, m'objectera-t-on, et voilà justement ce que je me dis. C'est un conte, et un conte, c'est ce qui occupe le subconscient de la communauté, des communautés humaines. Tout ce qu'il *raconte* est là.

Pour qu'on puisse écrire l'histoire de ceux qui refusent de saluer des chapeaux, il fallait que leur révolte ne se termine pas dans un angle mort. Sans doute une ou plusieurs versions anciennes préexistent-elles à la légende de Toko, qui est elle-même antérieure à celle de Guillaume Tell : pour que le héros s'accomplît, fallait-il donc chaque fois que dans la poche du fils il y ait une pomme ?

Pour qu'il y ait autant d'êtres humains, il fallait un (deux) premier(s) homme(s), pour qu'il y ait autant de péchés, il fallait un premier péché ; pour qu'il y ait autant de pommes, il fallait donc trouver une première pomme.

La Pomme primeur *de Klee date de 1934. Il y a des années, je m'étais heurté à ces mots de lui : le travail du peintre consiste "à rendre visible l'invisible". Ainsi cette première pomme, nous pourrons la voir, fût-ce en dessin, en peinture, fût-ce de la main d'un artiste et d'un seul : imaginée ou pensée, incarnée dans une figure, elle s'offre à nous.*

Il faudrait d'abord s'emparer d'un vide, avais-je dit, oui, certes. Comment Deleuze complétait-il le mot "Il faut prendre l'œuvre tout entière" : "la suivre et non la juger, en saisir les bifurcations, les piétinements, les avancements, les trouées, les accepter, la recevoir tout entière. Sinon on ne comprend rien."

Klee a regardé le vide, il en a tiré une pomme, après un long moment de réflexion, comme pour choisir une première pomme, puis en a tracé le cadre (contour).

Sans contour, impossible. Mais il est indispensable de signaler vers quelle frontière nous nous dirigeons.

Si : tout à fait possible sans contour. Etres limités au milieu de l'illimité, nous restons là, nous nageons, nous marchons au milieu du vide, nous voguons dans la perdition –

Cela, si seulement nous le savions.

Premier accessoire requis pour que l'histoire commence : le chapeau sur la place des Tilleuls. Deuxième accessoire important pour qu'elle puisse se développer : le *porteur*. Le seigneur avise l'arc que le paysan descendu de Burglen avec son fils porte en bandoulière.

C'est là que gît le lièvre : la dextérité de Guillaume Tell est-elle sans limite ?

La version de Max Frisch, impitoyable et ironique, met en scène un fils impudent qui s'enorgueillit de l'adresse de son père, habile à transpercer d'une flèche un oiseau en vol, eh bien, dans la légende aussi la responsabilité de la provocation est partagée entre le père et le fils, qui donne immédiatement matière à l'épreuve concoctée par le seigneur : il sort de sa poche la fameuse pomme – "imaginons que je pose cette pomme sur ma tête : mon père pourrait la transpercer d'une flèche à une distance de cent pas".

Il faut que le seigneur soit cruel, et le fils naïf, mais *quel* genre d'homme est Guillaume Tell ?

Notre héros est une forte tête : il tient si fort à sa liberté qu'il ne peut consentir à saluer le chapeau. De sorte que nous découvrons un héros qui sait saisir la chance qui lui est offerte de s'en sortir : il risquera la vie de son fils plutôt que de donner sa vie en rançon de son acte. Reconnaissons en lui soit un hypocrite qui cherche à s'en sortir à tout prix, soit un être bouffi d'orgueil qui a une confiance absolue en sa dextérité – tel était aussi apparemment son ancêtre Toko le Danois.

N'oublions pas le seigneur : cette épreuve ne comporte aucun risque pour lui. Quand bien même Guillaume Tell réussirait, il n'aurait pas de mal à trouver un autre prétexte pour l'empêcher de quitter la place sain et sauf.

La tradition islamique réserve une place de choix à la croyance selon laquelle Adam reçut la première flèche de l'ange Gabriel. A vrai dire, la formule est impropre : l'ange Gabriel a descendu du ciel deux (ou six) flèches pour les apporter à Adam, et il est fondamental qu'il ne se soit pas limité à une flèche : sur l'une d'elles était inscrit le nom de Dieu.

Cela impliquait la prescription de lire la flèche, à rapprocher d'un hadith transmis par Abu Raif : "De même que nos enfants ont des obligations envers nous, nous en avons aussi envers eux : leur apprendre à lire et à tirer à l'arc, et leur laisser un héritage licite."

Il s'agit que la flèche portant inscription puisse également être lue là où elle est envoyée.

L'écriture descend du ciel : qu'elle soit lancée, projetée, qu'elle s'envole, atteigne la cible, sa cible, qu'elle s'y plante.

Telle est ma lecture à moi. Et non pas celle de la tradition : Adam, chassé du paradis, reçoit l'ordre de planter des céréales, de travailler la terre, et, malgré qu'il en ait, il suit à la lettre ce commandement. Mais voilà, des corbeaux dévastent ses récoltes. Il supplie le ciel de lui trouver une solution :

Azraël lui apporte deux flèches et lui désigne un autre arbre, l'arbre de l'arc.

Au demeurant, Guillaume Tell a forgé le motif de ses propres mains – à en croire le texte de la légende.

Il était une fois une flèche.

Ou plutôt : deux flèches.

Troisième nœud : à quelque cent pas, avec sur la tête la pomme qu'il a sortie de sa poche, son fils attend ; derrière lui, un mur ; Guillaume Tell encoche une flèche ; en un tournemain, il en glisse une autre dans le carquois qu'il porte sur son dos – ce geste passe inaperçu, ou peut-être le seigneur préfère-t-il attendre le moment propice pour le tirer au clair : à ce stade, ce qui compte sur le plan de la *construction*, c'est le sort de la flèche ajustée à l'arc, de la *première* flèche.

C'est une tâche difficile que de toucher un lapin à une distance de cent pas, un oiseau en plein vol dans le ciel. La dextérité de Guillaume Tell tient aux subtiles connaissances mathématiques qu'il a perfectionnées pendant des années et qui lui permettent d'atteindre une cible éloignée et mobile, les deux pieds fixés au sol, mais le torse, les bras – dont l'un tient l'arc, l'autre le bout de la flèche – et les épaules en mouvement. La prouesse à réaliser exige qu'il évalue exactement la vitesse de la cible, qu'elle coure ou qu'elle vole, ainsi que sa trajectoire, et en même temps la vitesse moyenne qu'il lui faut imprimer à sa flèche et selon quel angle il doit la décocher. De toute évidence le bailli n'avait pas compris que Tell avait l'habitude de réussir des exploits de chasse aussi glorieux que celui-ci : autrement il eût pu refuser que son fils restât immobile contre le mur et exiger du père qu'il frappât la pomme sur la tête de son fils au pas de course.

Il est vrai que cette fois l'homme qui tient l'arc et la flèche n'a pas pour point de mire un oiseau ou un lièvre, et il se pourrait fort bien que le seigneur ait misé là-dessus : le prix de l'échec n'est-il pas un facteur (un coefficient) extraordinaire tendu entre flèche et cible ?

J'aime les corbeaux, je l'ai déjà dit, je m'en souviens ; je les trouve élégants. Je dois ajouter que j'ai en sainte horreur les ancestrales histoires de chasse aux corbeaux – histoires de corbeaux, histoires de serpent.

Peut-être l'homme a-t-il reçu la flèche pour pouvoir l'utiliser contre eux, mais c'est surtout pour s'entretuer que les hommes ont utilisé leurs arcs. Les participants de La Fête des Archers *sont de retour de croisades. Le prophète de l'islam déclare dans un autre hadith que tous les jeux sont des superstitions : seuls l'élevage des chevaux, le tir à l'arc et les jeux de l'amour avec une épouse légitime ne sont pas illicites. Il donne un troisième hadith plus explicite : "Quiconque apprend le tir à l'arc puis se ravise et y renonce est un rebelle aux yeux de Dieu." De toute évidence, briser son arc et ses flèches équivaut à renoncer au djihad.*

D'où ce quatrième hadith : "Apprenez le tir à l'arc et n'y renoncez pas, car la distance entre deux cibles est un jardin plus vaste que les jardins du Paradis."

Histoire de Pomme, histoire de Serpent, histoire de Femme : à l'intention de l'homme expulsé du Paradis, il est écrit sur la flèche le récit d'une nouvelle maturation.

Le tir de Guillaume Tell pouvait se ressentir de la charge émotionnelle due à la particularité de la cible, qui métamorphosa cet acte de chasse ordinaire en un geste hors du commun.

Quelque facile que fût en l'occurrence le calcul du rapport vitesse/distance, l'exceptionnelle tension nerveuse de Tell risquait d'altérer sa vue ou sa capacité à tirer à l'arc au point de lui faire manquer complètement la cible : la flèche pourrait passer juste au-dessus ou à côté de la pomme, percuter le mur derrière et s'y briser.

Kierkegaard y consacre des pages dans *Crainte et Tremblement* : vous pourrez si vous le souhaitez vous y reporter utilement.

Guillaume Tell réussit son tir, et le seigneur lui demanda : "Oui, mais pourquoi as-tu placé une seconde flèche dans ton carquois ?"

Candeur ou niaiserie, hardiesse ou loyauté, qu'importe, il répondit : "Si j'avais touché non pas la pomme mais mon fils, je me serais servi de la seconde flèche pour vous frapper."

Il fallait garder sous le coude une raison valable pour que Guillaume Tell fût châtié : cette réponse suffit à le faire mettre en état d'arrestation.

Et s'il n'avait touché ni la pomme ni son fils ? Il semble que personne ne se soit attardé sur cette possibilité. Dans ce cas, Tell aurait-il fait usage de la seconde flèche ?

S'il avait touché son fils, si tel avait été son destin, aurait-il gardé, par-delà la douleur qui l'aurait envahi, assez de raison et de force pour recourir à la seconde flèche ?

Mais, à mon sens, c'est quelque part derrière tout cela que le bât blesse : pourquoi n'a-t-il pas choisi de décocher la première flèche sur le grand seigneur de manière à le tuer directement et ajouter ainsi un maillon à la chaîne d'actions qu'il avait déclenchée en refusant de saluer le chapeau ?

C'est que depuis le début Guillaume Tell ou Toko, ou notre héros encore plus lointain dont le nom est tombé dans les oubliettes, est prisonnier du narrateur.

N'allez pas croire que je suis celui qui compose ici l'histoire du serpent, les histoires de serpent, car non : nul ne les écrit. Depuis le début l'histoire du serpent s'écrit toute seule, de son propre mouvement, s'étoffant de nœud en nœud, une écaille après l'autre.

Les mots kanâ al-insâne hayyatan fil-kidam *– autrefois l'être humain était serpent – doivent être rapportés à la langue d'avant la religion :* al-hayâh *(la vie),* al-hayyâh *(le serpent) et* Havâ *(Eve, qui signifie aussi : vivante) créent les uns après les autres des méandres, des cycles de sens de la queue à la tête.*

Je regarde Le Péché originel *(Madrid) et* Le Jugement dernier *(Vienne) de Bosch, puis la Sixtine : le serpent à visage de femme, c'est ma mère. Elle tend la pomme qu'elle vient de cueillir. Si je suis sourd à la voix qui me dit "Ne prends point la pomme", c'est à cause de l'acte que la femme issue de ma chair insuffle dans ma chair : à présent je suis pris de curiosité.*

Dans d'autres langues, la curiosité ne relève pas de la perception, mais du sens interne. Or on devrait la percevoir, la voix du serpent.

Quand on tire à l'arc sur blason, si un grelot retentit, c'est que la cible est atteinte.

Guillaume Tell et son fils, une pomme dans sa poche, quittent la place d'Altdorf – en vie, peu importe comment. Ensuite la légende ne fait plus mention du fils. Son identité reste dans le flou, qu'il s'appelle Jemmy comme le veut l'opéra de Rossini *Guillaume Tell*, ou Walter, ou bien autrement selon les sources. Après qu'on a arrêté et emmené le père, une tempête se lève, et il s'échappe, on ne sait comment, du bateau où il était prisonnier, regagne son village où il vieillit, et un jour, en tentant de porter secours à un enfant tombé dans le lac, il périt noyé. Un finale où un symbole d'indépendance finit en mascarade.

Evidemment, si tout cela était véridique, si tout s'était bien déroulé ainsi, ce serait un moindre mal. L'histoire de Guillaume Tell est fictive, ainsi que sa personne : cette légende choisie et développée en Suisse au XIIIe siècle pour servir de récit de fondation vient de très loin : l'aventure qu'elle relate est plus durable que l'Histoire et la Vérité. Qu'on y croie ou non, qu'est-ce que cela pourrait y changer ?

Autour du lac d'Uri s'accumulent depuis des siècles les traces réelles de cet événement irréel : le village et le bourg, la place et les chemins, la statue et le musée, objets et fétiches, livres et illustrations, cérémonies annuelles… Heureusement, les curieux venus des quatre coins du monde constituent l'écrasante majorité face à une poignée d'hommes aigris, grincheux, briseurs de rêves comme moi : personne n'est prêt à autoriser qu'on lui dessèche son histoire ; ils ont beau écouter tous autant qu'ils sont des chansons qui parlent d'un Monde illusoire, nul ne semble enclin à croire que le Monde réel est, pourrait être, plus *vrai*.

Il était une fois… en fait : que de fois !

Qui pourrait affirmer qu'à défaut d'être *ainsi* l'histoire de Guillaume Tell autrement ne pourrait être ?

L'Homme, les hommes ont placé la femme à la base, à l'origine de toutes leurs inclinations. Gloire à elle parce qu'elle transmet la vie : mais les règles des monothéismes sont patriarcales à telle enseigne que dans ces religions c'est l'homme qui met la femme au monde. Le serpent-femme tend la pomme à la femme, passe par-dessus elle, s'approche de l'homme et le pique. Dans d'autres langues le serpent ne pique pas, il mord ; dans d'autres langues on ne croque pas dans la pomme – je devrai un jour renoncer à mon habitude de traquer les verbes.

De tout cela, un seul responsable : l'équivalent de la femme, c'est-à-dire la Pomme. La Pomme est l'équivalent exact de la femme, elle est la cible de la flèche : tout homme doit apprendre à tirer à l'arc.

Les femmes l'ont compris : nous savons qu'elles se sont coupé un sein ; que leur corps se tend vers l'arc. Elles sont à cheval. Elles s'installent sur une île. Elles cueillent des pommes et sans relâche s'exercent au tir à l'arc. Il leur arrive d'atteindre les serpents à la tête. Elles n'enfantent pas.

Nul n'a vu les Amazones cependant.

Leur race fut exterminée par les hommes.

Les dictionnaires se contentent d'attribuer au mot, dérivé du grec a-mazon, *"sans seins", le sens de "monter à cheval comme une femme" – les deux jambes du même côté.*

Les dictionnaires aussi sont souvent préparés par des hommes.

Le 14 septembre 1307, juste après midi, Gessler, le bailli local, fit procéder place des Tilleuls à l'arrestation d'un homme qui se frayait son chemin tout droit à travers la foule, en compagnie de son fils, affichant une désinvolture notable et notoire envers le symbole des Habsbourg, un superbe chapeau orné que tout le monde saluait bon gré mal gré. L'homme cruel ne leur fit pas trancher la tête séance tenante : ayant aperçu un arc à l'épaule du paysan, il interrogea cette étrange paire. L'enfant sut en quelques mots si bien glorifier la dextérité sans pareille de son père au tir à l'arc qu'il décida, à la fois pour s'amuser et pour donner une leçon au public présent, de feindre de donner sa chance au paysan originaire de Burglen : il lui suffirait de transpercer d'une flèche la pomme posée sur la tête de son fils.

L'ombre d'un sourire fier se dessina sur le visage de Guillaume Tell – sans doute un vent violent balayait-il la place, mais pour un homme comme lui qui avait réussi, dans des circonstances autrement difficiles, à bander son arc et guider la pointe de sa flèche vers la cible, c'était un jeu d'enfant que de toucher à une distance de cent pas un objet, quel qu'il soit, immobile.

Il commença par considérer d'un point de vue technique l'épreuve qu'on lui imposait : comme il le faisait toujours quasi instinctivement, il tourna et retourna mentalement l'équation trigonométrique qu'il devrait résoudre, il calcula l'angle et la vitesse, il évalua sur l'instant son corps dans le vent, l'effet du vent sur son corps. Il paramétra rapidement dans sa tête les contours des inconnues, sans cesser de regarder l'un des fils du seigneur qui s'éloignait en comptant à haute voix, et ses yeux tombèrent sur l'arc dans sa main droite.

Semblable aux cubes d'une mosaïque, le serpent est affaire de technique : c'est une entité qui se constitue de pièce en pièce par sauts successifs. L'essentiel ici, c'est qu'on s'en sort quand c'est fini et qu'on l'abandonne, tout vide, dans un coin.

Qu'elle soit ou non rampante, l'écriture est serpent : elle veut toujours faire peau neuve.

Le puzzle a trente-cinq pièces. Si le dessin à reconstituer ne figure pas sur le couvercle de la boîte, c'est qu'on a voulu qu'il se transforme, puisse se transformer au fur et à mesure que l'on aura changé la place ou l'agencement des pièces de taille quasi égale. Il vaut donc mieux ne pas les coller sur le fond où elles doivent s'assembler. Comme il y a aussi les figures dans les figures, il se pourrait qu'en les découvrant on obtienne de nouvelles variables.

De la boîte il sortira des serpents, des pommes, des flèches.

Des lettres, des signes, des métaphores, des métonymies.

Une boîte de divertimento.

La vider et regarder très attentivement à l'intérieur : il suffit d'un oubli – son de grelot, sifflement de flèche, parfum de pomme, poil de barbe – et le puzzle devient impossible à compléter.

Une pièce est une pièce.

Le traité du tir à l'arc qu'a composé Hüseyin Bin Ahmet Erzurumi et qui fut traduit dans notre langue par maître Nureddin Rüştü Bingül porte un sous-titre programmatique : "De l'art de faire des flèches et des arcs, du tir à l'arc, des prodiges de l'archerie, des exercices de tir à l'arc et des renseignements relatifs au caractère sacré de l'archerie dans le monde musulman."

Tout homme qui se figure pouvoir apprendre en deux temps trois mouvements l'histoire d'une chose, d'un objet, d'un instrument sent aussitôt le piège se refermer sur lui : il n'échappe à grand-peine du tourbillon du sujet dans lequel il s'est plongé que pour se perdre à jamais dans les ténèbres du derme – signe qu'il y consacrera toute sa vie.

L'histoire de la flèche et du tir à l'arc nous parle d'if, d'os, de frêne, de corne ; elle nous explique des mots – visière, pointe, empennage – et si elle ne nous apprend pas à prendre soin d'un arc, du moins en définit-elle le principe. Elle enrichit les articles de notre dictionnaire – "sagittaire", "fixer un blason", le mouvement, le carquois – en débordant souvent des définitions qui nous sont familières. Sur l'écran de notre imagination, nous participons à une course de *salâ**, nous assimilons les mots “poucier”, “poignée”, nous nous représentons, dans le vide, la meilleure manière de bander un arc.

Ce n’est pas à la portée de n’importe qui de devenir archer. Nul n’en reçoit le titre avant d’avoir pu tirer une flèche à plus de six cents mètres, et dans les règles encore : il faut s’agenouiller devant le cheikh, saisir et soulever de la main droite l’arc dont la corde est orientée à la verticale du sol et, dans cette posture, baiser d’abord sa propre main droite, puis celle de son cheikh.

De ma main droite je décolle mes lèvres, ma plume jaillit jusque chez les Nippons. Le tir à l’arc est chez eux art du recueillement : l’expression intellectuelle l’emporte sur la dimension technique, l’archer s’efforçant d’effacer sa propre identité pour anéantir sa libido – au moyen du souffle de l’âme. *Dixit* Herrigel.

De miniature en miniature, j’en arrive à l’époque de l’arbalète, et mes yeux tombent sur le mot “scorpion” : le dernier monarque archer était, paraît-il, un Romain, de là à “l’onagre” de l’encyclopédie de Viollet-le-Duc, combien de pas ?

* Anciennement : compétition à laquelle seuls les vieux archers participaient, équipés du même type d’arc.

D'aucuns pourraient trouver curieux de voir tomber des poils de barbe dans une histoire où il s'agit de (faire) cueillir des pommes. Je crains qu'ils n'aient pas sérieusement examiné la Pomme. *Regardons encore une fois la peinture de Klee ; laissons là les visages des participants à la fête des Archers, passons à celui de Guillaume Tell et arrêtons-nous un moment à* La Déformation architecturale avec perspective fuyante *de Vanni Viviani (1985) :*

Qui coupe une pomme en deux en une section simple se retrouve en face de deux niches avec pépins (et deux niches sans) ; autant de germes pour de nouvelles histoires, surgissant du cœur de l'ancienne.

Je reviendrai plus tard à Barbe-Bleue et à son histoire. Dans le texte que la clef tachée de sang lui a inspiré, Perrault cristallise sur la clef la curiosité de la femme. J'ai marqué d'une croix le commentaire qu'une écrivaine, Alina Reyes, a récemment élaboré dans un essai court et dense, Le Ver dans la pomme *: on fait payer le prix du péché originel avant même qu'il ne soit mentionné. Sinon pourquoi tous les détenteurs d'un pouvoir, toutes les figures* *divines, porteraient-ils une barbe, blanche ou grise ?*

Et si au commencement était juste un poil ?

Dans l'espace : comment un chemin quitte-t-il le chemin ?

Quand vient la saison de cueillir les pommes, les ramasseurs se mettent au travail dans le vaste verger où poussent les pommiers. Leur travail n'exigeant pas une concentration particulière, l'idée ne les effleure même pas que chaque fois qu'ils tendent les bras pour cueillir une pomme, veillant à ne pas endommager les branches, ils touchent un péché qui se perpétue indéfiniment depuis Adam.

Et s'ils venaient à penser qu'ils cueillent des péchés ?

Mais qu'est-ce que cela y change si, parmi tant de fruits divers et variés, un seul est défendu, déclaré intouchable ?

L'arbre défendu n'était pourtant pas *celui-ci*. Les ramasseurs savaient, car tout le monde le savait, que le vrai arbre attendait en solitaire, dans un jardin lointain, inaccessible, depuis que nous avions été jetés au monde. Et pourtant, pour que tout nous retombe sur la tête de tout son poids, pour qu'impérieuse la peur les ressaisisse tous de plus belle, il suffit qu'un seul des ramasseurs pense au premier interdit, il suffit qu'une seule cellule de son cerveau considère le premier interdit, fût-ce un seul instant et à cause d'une seule pomme.

Mais voilà, au moment où il referme la main sur une des pommes qu'il vient de cueillir et qu'il la pose dans un panier à côté, aucun des ramasseurs ne pense "c'est une pomme".

Aucune main ne tremble à l'idée qu'elle reproduit le péché originel chaque fois qu'elle se tend vers une pomme pour la porter à des lèvres qui vont la mordre et qu'elle la repose dans l'assiette avant de la redonner à mordre.

Or donc, tout comme certains avaient pu rendre obligatoire le salut au chapeau, certains autres auraient dû d'une manière ou d'une autre effacer toutes les histoires de pommes, faisant en sorte que seule la première restât en circulation.

Au demeurant, le père de cette histoire porte lui aussi une barbe.

Toutes les histoires de père-fils ont leur tremblement de barbe furieux.

Franz Kafka s'est-il demandé pourquoi il se rasait tous les matins en se levant (je n'ai pu trouver la moindre ligne sur ce détail dans son journal) ?

Comme je l'ai fait pour Barbe-Bleue, j'écarte la relation barbe-pouvoir et l'interdiction de porter la barbe ; j'en réserve pour plus tard tous les prolongements.

Dans ma version, ce n'est pas la barbe de Guillaume Tell qui sauve le fils. Pas davantage dans la course de salâ *: on a beau préciser qu'en vertu du seul respect dû à sa barbe, un archer barbu était autorisé à participer à la course sans condition préalable, les spécialistes le déclarent : fût-il barbu, l'archer qui n'atteignait pas la distance requise lors des compétitions était disqualifié.*

La barbe est alors le signe distinctif d'un métier. Dans le cas de Tell c'était le peigne à barbe.

C'est pourquoi il me parut vraisemblable qu'il se fût coupé la barbe dès son retour au village. Il se peut que plus tard, ayant pris l'allure d'un illuminé, il ait pris sa femme pour un chapeau.

Le 14 septembre 1307, vers midi, tout comme dans *Hamlet*, le silence régnait sans rival sur la place des Tilleuls.

Et là, Guillaume Tell aperçut la pomme : ce curieux objet, rond et vert, qui avait été jusque-là une cible abstraite, était presque enfoncé dans les cheveux de son fils. Pensant soudain à sa femme qui les attendait à Burglen dans l'ignorance complète de ce qui se passait, il se rendit compte qu'on ne trouvait aucune femme dans aucune de ses histoires. L'idée qu'en fait la pomme pouvait très bien être sa femme le transperça comme une flèche.

N'est-il pas curieux qu'aucun registre, aucune version de l'histoire, ne fasse mention du premier homme et de la première femme, du serpent et de l'arbre, de Dieu et du Paradis ? Sans doute certains récits remplacent-ils la pomme par une noix ou une pierre, mais dans les versions les plus répandues, il n'y a pas à tortiller, ce qui est posé sur la tête du fils c'est invariablement une pomme.

A supposer qu'il fût croyant – il l'était très vraisemblablement – Guillaume Tell ne s'est-il pas rappelé à cet instant, les yeux dans les yeux, que c'est avec la "pomme", au moment où on la touche, que le mot et la notion de "mort" apparaissent dans la Genèse (III, 3), puis dans la Bible en général ?

Il te suffit de toucher la pomme, de "l'arracher" (tel est le terme utilisé dans le texte) comme on arrache un membre, pour rencontrer la mort.

Dans ce cas, la mort est *prête*.

Elle attend derrière.

Dès que tu répondras à l'appel, elle viendra, comme dans le poème de Pavese, elle te regardera par tes propres yeux.

Qui aurait pu évaluer, dans le silence absolu, la façon dont Guillaume Tell regardait la pomme, la Mort posée sur la tête de son fils ?

De Saxo Grammaticus à Rossini en passant par Schiller, c'est en toute logique qu'on a toujours vu en Guillaume Tell un héros. Mais je trouve que cette approche fait bien peu de cas du sort tragique d'un héros national mis en retraite anticipée. A ma connaissance, seule Maria Luisa Spaziani s'est donné la peine d'étudier, autour de Jeanne d'Arc, le cas du héros qui nage dans le vide, condamné à achever sa vie à l'ombre d'une action, abandonnée dans les affres d'une mise à mort perpétuelle. Certes l'histoire de Guillaume Tell avait bénéficié de quelques prolongements : il traverse le lac par gros temps, il regagne son village, mais le cadre de la signification attribuée à sa vie est bien en place ; dans ce sens les secondes déterminantes de son existence sont à jamais indissociables de l'instant où sa flèche jaillit de son arc et transperça la pomme.

Ce fut l'instant le plus fulgurant de l'histoire de l'archerie : il se consuma tel le feu de paille qui s'empara aussi de Yahya Kemal. Mais le moment suprême, le vrai, le poète l'atteint dans La Flèche, *il le capte, le transmet : voilà que des années après le vieux Bektaş utilise lors d'un tir sur blason la flèche qui s'était enfoncée dans son jeune corps lors de la conquête de Constantinople – et Yavuz de s'écrier, transporté :*

"Honneur à toi mon vaillant !
Il y a un secret dans ce premier tir,
Où as-tu pris cette flèche enchantée ?"

Ce n'était pas une pomme.

Les documents originaux ne la font pas figurer, certes, mais à cet instant la mort attendait dans un coin, place des Tilleuls.

La mort du Fils, la mort du Père, la mort du Seigneur, au nom de l'un ou de l'autre, l'Ange était là debout, appuyé sur sa faux.

Les sources ne disent rien non plus des regards. Or tout ou presque devait être ici fondé sur un système de regards : l'œil de Guillaume Tell était concentré sur la cible la plus inexorable de sa vie ; pour le fils, nous ne pouvons savoir s'il avait préféré fermer complètement les yeux à la scène extérieure pour mieux les ouvrir à une scène intérieure ou s'il les tenait résolument fixés sur la pointe de la flèche ; quant aux regards du bailli, de ses hommes et de la foule silencieuse qui avait envahi la place, hésitaient-ils d'un point à l'autre, tendus, lourds d'électricité et du mauvais œil ?

Le mauvais œil : ceux qui ont bâti le récit de Toko ou de Tell n'ont peut-être pas songé une seconde à cet œil externe – pouvaient-ils savoir que tout convergeait en un œil de verre et qu'en réalité la pomme était le seul œil qui voyait tout ce qui se passait ?

Le 14 septembre 1307 la place d'Altdorf était bondée de questions.

Après coup, Guillaume Tell prit dans ses doigts le bout de la flèche, l'encocha dans l'arc qu'il souleva doucement ; puis il dirigea la pointe aiguë vers la cible, écouta le vent et mit en branle la grande machine à calculer, pour évaluer encore une fois la distance et la vitesse, la flèche et la pomme, la force qu'il imprimerait à son bras et l'angle qu'il donnerait à l'arc. Il se tendit, se concentra, vers l'instant de la décision finale.

Au sifflement de la flèche qui déchira le silence, le Fils remua.

La vie est une question de temps.

La mort, l'Accident, la Faute, une question d'instant.

Une question d'instant. En parlant d'"instant décisif" (1952) en photographie, Cartier-Bresson donne la clef de sol : "Une photographie est pour moi la reconnaissance simultanée, dans une fraction de seconde, d'une part de la signification d'un fait, et, de l'autre, d'une organisation rigoureuse des formes perçues visuellement qui expriment ce fait."

Avait-il pensé à Guillaume Tell en disant cela ? Mettre en ordre et aligner, les démarches préparatoires, prépondérantes quant au choix du "bon moment", les préparatifs intérieurs soulignent le tout : quand il dit "la raison, l'œil et le cœur", il nous faut substituer à ces trois éléments leurs équivalents organiques : c'est l'électricité, l'optique et la chimie qui sont en jeu dans le corps, plus tard ce sera le tour de ceux de la machine.

Tout comme bien d'autres archers d'avant Daguerre, Guillaume Tell avait inventé dans sa camera obscura *une série de procédés dont les équivalents techniques étaient encore inconnus – le Père et le Fils s'étaient photographiés l'un l'autre dans l'obscurité de leur boîte crânienne.*

Dans le cadre de ses recherches sur les connexions entre le système nerveux et les zones peu explorées du cerveau, le neurologue Antonio Damasio, auteur de *L'Erreur de Descartes*, tombe sur le "cas" Phineas Gage. Ce dernier travaillait comme chef de chantier à la mine quand une grosse barre de fer lui entre accidentellement dans la joue, lui traverse le crâne et ressort de l'autre côté. Un de ces accidents dont les conséquences sont difficiles à croire : Gage se rétablit complètement sur le plan physique, mais voilà, son caractère se transforme : ce travailleur sérieux et responsable, ce père de famille équilibré se met tout à coup à se comporter de façon diamétralement opposée. Il vivra désormais ainsi, et c'est ainsi qu'il meurt.

Damasio obtient des résultats analogues avec ceux de ses patients qui sont dans un état similaire : il constate que certaines zones intermédiaires des tissus cérébraux jouent un rôle déterminant dans la constitution du caractère, ce qui infirme l'opinion de Descartes quant à l'harmonie du corps et de l'âme : nos habitudes ne sont pas immuables.

Damasio construit sa zone d'investigation autour des "intuitions" que nous définissons comme des "formes d'une connaissance directe et immédiate, non fondée sur le raisonnement". L'intuition constitue l'un des aspects indispensables du caractère de chaque individu, révélé par ses comportements : quoique nous soyons incapables d'en déterminer les origines, elle est l'une de nos fonctions fondamentales, en tant qu'elle fixe notre niveau de réaction au plan instinctif.

Si elle tombe en panne, notamment en déviant de son axe habituel à la suite d'un événement affectant la face antérieure de notre crâne, nous quittons notre nature ordinaire, nous nous éloignons de son orbite naturelle.

Pourvu qu'il nous éloigne de nous-mêmes, un coup de foudre suffit.

L'espace d'un instant.

J'ignore si Cartier-Bresson avait pensé à Guillaume Tell, mais, ayant connu de près l'œuvre de Herrigel, il avait attiré l'attention sur les points de recoupement entre l'art de la photo et celui du tir à l'arc.

Yves Bonnefoy dit dans un essai superbe : "[...] je ferai une autre comparaison. Il y a de longues années déjà, ce jour d'été auquel nous devons sa Place couverte à Simiane, *je regardais notre ami prendre des photographies sans cesser de parler ou d'écouter, je voyais son regard bref ne même pas se porter sur son appareil, comme si celui-ci faisait corps avec ses yeux, avec tout son être, et je pensai alors à un petit livre qu'il m'a cité des années plus tard avec la plus grande faveur, comme une référence qui lui paraît essentielle,* L'Art du tir à l'arc, *d'Herrigel. Qui s'entraîne au tir sous la direction d'un vrai maître zen n'apprendra aucune technique, nous dit ce commentateur, il butera sans qu'on le secoure sur des contradictions qui longtemps lui paraîtront insolubles – comment, en même temps, retenir la flèche et lâcher la corde ? –, puis, un jour, il* saura *sans mots pour cela, sans comprendre comment il a pu faire, mais de tout son corps désormais, de par ces milliers d'antennes que nous avons repliées : ce qui lui permettra bientôt de viser sans regarder, de tirer les yeux clos, d'atteindre toujours, néanmoins, le centre exact de la cible."*

Quand la flèche atteignit la cible, la foule ne fut qu'un seul cri.

Dans cette infinitésimale portion de temps où la flèche jaillie de l'arc s'élança vers la cible à toute vitesse, le Fils eut peur que le vent ne l'empêchât de frapper la cible. Il leva légèrement le front. La flèche entra dans sa joue, lui transperça la tête, ressortit entre ses cheveux qui furent, comme sa figure, en un instant empourprés de sang.

Le Père jeta aussitôt son arc (comme on le voit, il ne songea même pas à la seconde flèche), se précipita sur son fils et retira d'un coup la flèche enfoncée dans le crâne de l'enfant, affaissé sur ses jambes, dont les yeux chaviraient d'angoisse. Les femmes du voisinage les rejoignirent, avec des chiffons et des éponges, l'une remplit une bassine d'eau chaude, une autre apporta drogues et onguents de son échoppe. D'abord frappé de stupeur à voir ainsi la foule s'empresser autour de l'enfant, le seigneur finit par se ressaisir ; il se retourna vers ses hommes et dit : "Allons-nous-en." Comme ils s'éloignaient, quelqu'un cracha par terre, un autre murmura des paroles chargées de haine, la plupart des femmes se mirent à prier.

Ce soir-là Guillaume Tell et son fils furent hébergés dans une chambre d'auberge. Deux médecins se relayèrent au chevet de l'enfant, pansèrent ses plaies, luttèrent contre la fièvre. L'enfant s'assoupit au petit matin et dormit d'une traite jusqu'à midi, sous le regard de son père qui ne le quitta pas des yeux un seul instant.

Ils passèrent encore une nuit à l'auberge. Le surlendemain, l'état de l'enfant s'étant notablement amélioré, ils se mirent en chemin pour regagner leur village. Comme ils partaient, les habitants d'Altdorf les bénirent.

Guillaume Tell va prendre son fils en photo. Un simple cliché ne suffira cependant pas ; les circonstances nécessitent la somme d'une succession de vues. Rappelez-vous cet instant où nous avons regardé la scène : qu'est-ce que les passants présents sur la place d'Altdorfer allaient regarder, qui et quoi ? Nous avions les idées embrouillées pour eux. Prenant le plus court chemin, les uns fermèrent les yeux, le négatif de la photo figée dans leur esprit. D'autres yeux étaient fixés sur le Père, sur ses doigts qui tenaient l'arc et la flèche. D'autres dévisageaient la cible, cherchant, au centre, le point de mire : la tête du Fils et la pomme qui la surmontait.

Quelles que soient les similitudes des deux gestes – tirer à l'arc et saisir une vue – une telle photo ne peut pas avoir été prise : un cliché, s'il est une question d'instant, n'est jamais une question de vie et de mort.

L'art, la technique, tekhnê.

Nous ne pouvons fonder nos raisonnements sur des recoupements qu'au risque de perdre la vie,

Ainsi de Sinan, d'ailleurs – l'autre pépin à l'intérieur de la pomme.

Vous, mon cher Henri, pour une photo que vous n'aurez pas su prendre, pour un "instant décisif" que vous n'aurez pu fixer,

Vous est-il arrivé de risquer votre vie ?

De retour à Burglen, Guillaume Tell brisa son arc et ses flèches en place publique. Son fils dans les bras, il se fraya un passage parmi les paysans silencieux et rentra chez lui, où sa femme était alitée depuis que, sans attendre leur retour, la mauvaise nouvelle lui était parvenue. Elle ne lui adressa plus jamais la parole, lui interdit sa couche et consacra sa vie à son fils qui, chaque jour plus étrange, se refermait sur lui-même, parlait avec les animaux. Guillaume Tell se rasa la barbe ; passant le plus clair de son temps à faire paître son troupeau, il ne s'occupa plus jamais ni de son fils ni de sa femme ; ayant appris tout seul à lire et à écrire, il consigna tous les détails de son histoire, sans en parler à personne. Il n'est pas vrai qu'il se fût noyé en tentant de sauver un enfant de la noyade : un jour qu'il était parti avec ses chèvres, il ne rentra point ; des voisins aperçurent les chèvres et les ramenèrent au village ; ils comprirent que Guillaume Tell était mort mais ne purent retrouver son corps. L'esprit des défunts dont le corps n'a pas été découvert continue à errer sur terre. Qu'il soit entraîné par les eaux et gardé dans les profondeurs, ou abandonné dans le recoin inexploré d'une profonde caverne, une chose est sûre : à la tombée de la nuit l'esprit se met en chemin et, faisant fi de la distance, il atteint un humain qui cherche à le toucher.

Cela fait des mois que Guillaume Tell tourne autour de moi. J'ai commencé par déployer les cartes, y repérer le lac d'Uri et étudier les routes alentour quand tout d'un coup j'ai compris : avant même que je ne l'atteignisse, il s'était perché à mon chevet. J'ai passé des jours et des nuits à essayer de persuader ce spectre muet de converser avec moi.

Une nuit je dormais justement lorsque je le sentis s'approcher de mon lit. Je me suis assis dans l'obscurité et j'ai prêté l'oreille – le fil de la pelote venait de se débobiner.

Question d'instant, faisant office de déclencheur dans les peintures réalisées par Dalí lors de sa période onirique : la guêpe est sur le point de se poser (sur le point de piquer).

Dans la série des Guillaume Tell qu'il a réalisée à la même époque, la problématique Père-Fils se projette sur l'écran de ses rêves : "Tell est mon père et au lieu de pomme j'ai sur ma tête une côtelette : il veut la manger. A mes pieds une petite noix où se trouve un tout petit enfant. L'enfant symbolise ma femme. Elle est constamment sous la menace de mon pied, car il l'écrasera dès qu'il bougera."

Chassé du foyer paternel parce qu'il a épousé Gala, Dalí se rase le crâne et enterre ses cheveux. Il s'éloigne de chez lui quelque temps ; mais, incapable de se détacher, il revient à Port Lligat – je mets de côté la dimension "port d'attache".

Dalí donne à son Guillaume Tell le visage de son père, de Breton (le pape des surréalistes), de Lénine (le père de la révolution).

Bien entendu, il est barbu.

Il prolonge son propre corps par une autre silhouette.

En fait il n'est en lui aucune "énigme".

N'était-ce pas une pomme, vraiment ?

J'ai composé la même histoire avec d'autres mots, d'autres suites de mots, sans jamais allumer ma lampe de travail : d'où la superposition et l'imbrication de ces lignes qui constituent des strates de sens quasiment inextricables, dans un agencement brinquebalant.

Moi je me contente de transmettre tout tel quel uniment, sachant depuis des années que chaque histoire que je raconte est condamnée à se transformer d'une lecture à l'autre. Toute personne raisonnable sait qu'à arracher ou cueillir une pomme, à mordre dedans, on crée un champ sémantique, un champ sémiologique voué à se déplacer d'une personne à l'autre.

Qui fait profession de ne pas achever un mur sans en commencer aussitôt un nouveau garde des pierres du mur précédent ; il en met d'autres de côté pour les murs suivants, qu'il entasse dans un coin. Les pierres sont des mots – ne vous l'avais-je pas déjà dit ? Si.

Si Magritte s'amenait maintenant, une paire d'ailes étranges dans le dos, il me dirait son vœu que je choisisse une des pages blanches qui sont devant moi, pas le moindre doute là-dessus. Il me ferait dessiner, écrire :

FLÈCHE	FILS
POMME	HISTOIRE

Et moi j'ajouterais deux mots-images, spontanément :

MORT	INSTANT

Il me murmurerait : fais encore un dessin. Et avant que je ne trouve le temps de m'exécuter, il s'éclipserait.

Lorsque les chambres, les cellules où je m'enferme pour écrire seront pleines de tout ce que j'ai écrit en grandissant tout doucement, il n'y aura plus de place pour moi.

Les pommes qui remplissent les Chambres d'écoute *de Magritte sont innombrables dans les miennes.*

J'ai prêté l'oreille, j'ai écouté, j'ai senti, j'ai entendu.

J'en ai humé le parfum – la senteur de la pomme est profonde, senteur des profondeurs.

Je l'ai touchée, je me suis introduit en elle, je me suis rassasié de son obscurité, j'y ai fait tomber un pépin. Mes mains en portent encore la trace.

Mes doigts – "Cependant si tu lances la flèche au loin, il te faut ne pas fermer l'index derrière la poignée et poser le pouce sur le majeur. Point de meilleure préhension pour tirer au loin",

entre mes doigts, la plume-flèche.

Un trou au milieu de la pomme,
c'est par là que filtre la lumière,
c'est donc qu'elle la filtre.

Ma tâche à moi c'est de contempler sans cesse ce silence en moi, de lui prêter l'oreille, parfois de rassembler mon courage et de tendre la main vers lui, de le toucher.

Je suis venu ici, je passe, je passerai.

Passant et repassant, j'ai vu des vides sanglants. Je fus saisi de la crainte qu'une obscurité épaisse ne s'abattît sur moi, si j'avançais vers eux.

A présent il est grand temps que je vous parle des anges.

Tout cela, c'est l'un d'eux, l'Ange des Murmures, qui me l'a soufflé.

Mars-août 2002.

TABLE DES MATIÈRES

LA POMME
Une tentative de roman sur les techniques de tissage 7

IL ÉTAIT UNE FOIS GUILLAUME TELL
Histoire prétendument apocryphe 171

OUVRAGE RÉALISÉ
PAR L'ATELIER GRAPHIQUE ACTES SUD
ACHEVÉ D'IMPRIMER
EN DÉCEMBRE 2004
PAR L'IMPRIMERIE FLOCH
A MAYENNE
SUR PAPIER DES
PAPETERIES DE LA GORGE DE DOMÈNE
POUR LE COMPTE DES ÉDITIONS
ACTES SUD
LE MÉJAN
PLACE NINA-BERBEROVA
13200 ARLES

DÉPÔT LÉGAL
1re ÉDITION : JANVIER 2005
N° impr. : 61772
(Imprimé en France)